「離れたく
ないよぉ……！」
答えなんて
考えるまでもなくて、
私は子供みたいに泣いた。
アロンドラが
あまりにも優しいから、
止まらなかった。

太陽の光が柔らかく降り注ぎ、
砂浜を白く照らしている。
風はいつの間にか穏やかになって、そよそよと髪を揺らす。
こんなことを言ったら怒られるかもしれない。
けれど私は海に来られたことそのものよりも、
カミロが約束を覚えていて、共に来られたことが嬉しかった。
今日という日は私の宝物になったけれど、
カミロも同じように感じていたらいいのに。

「こ、れは。黒薔薇妃、レティシア……？」
そう、思い出してください、アグスティン殿下。

断頭台に消えた伝説の悪女、
二度目の人生では
ガリ勉地味眼鏡
になって平穏を望む 2
水仙あきら illustrator 久賀フーナ

# Contents




イラスト／久賀フーナ
デザイン／しおざわりな（ムシカゴグラフィクス）
編集／庄司智

# 第一章　夏休みは終わり、波乱の予感

あれは動物園から帰ってきて、侯爵家の前で馬車から降ろしてもらった時のことだ。

カミロが何やら紙袋を差し出してきたので、私は驚きつつも受け取った。

「そんな、どうして？」

「一つくらい記念になるものがあってもいいかと思って」

何でもないことのように言って笑うから、また胸が大きく弾んで苦しい。いつの間に買い物をしたのかしらとは思っていたけど、まさかプレゼントだったなんて。

「開けてもいい？」

「もちろんだ」

カミロが頷《うなず》くのに背中を押されるようにして、紙袋の中身を取り出してみる。姿を現したのは、大好きなクサカバのぬいぐるみだった。

「わあっ、可愛《かわい》い……！」

つい歓声を上げてしまい、私ははしたない振る舞いに気づいて口を噤《つぐ》んだ。

これ、可愛いと思って見ていたぬいぐるみだわ。

胸に抱えてちょうどいいサイズで、丸っこい形と緑色のふわふわの生地が魅力的だと思ったのよね。けど日傘もあるから荷物になるし、何より子供っぽいと思われたら恥ずかしいと思って諦めたのに。

「どうしてこれが欲しいってわかったの？」

「じっと見てただろ。目がキラキラしてるからすぐにわかった」

カミロは揶揄《からか》うでもなく、ただ愛おしげに微笑《ほほえ》んでいる。

ふわふわと足場が定まらないようなこの感じは何だろう。心の中が筒抜けだったことは照れ臭いのに、それに気付いてプレゼントしてくれたことが心の底から嬉《うれ》しいと思う。

「ありがとう、カミロ。凄《すご》く嬉しい。大切にするわね」

私は平和な顔をしたぬいぐるみを胸に抱き締めた。

今日のことは、きっと一生忘れることはないだろう。

*

……とまあそんなことがあったので、私の自室にはクサカバのぬいぐるみが鎮座している。

私はつぶらな瞳と見つめあった末、革のトランクの隅にその緑色の塊を詰め込んだ。

「ちょっと窮屈だけど、しばらく我慢してね」

色々なことがあった夏休みも終わり、今から私はアラーニャ学園へと戻るのだ。

大切だからこそ置いて行こうかと迷ったけど、やっぱりこの丸いシルエットを見ると癒《いや》されるので持っていくことにしよう。

地味なブラウスにいつものおさげと眼鏡をかけて準備は終了。するとメイドがやってきてトランクを持ち上げてくれる。

部屋を出て玄関に向かうと、家族全員が大集合していた。

「レティ、私は寂しい！　元気で暮らすんだよ」

半泣きのお父様にぎゅうぎゅうに抱きしめられる。苦しい。

「レティ、体に気をつけてね。頑張りすぎなくていいんだから」

いつも明るいお母様もちょっと寂しそう。うう、駄目だわ。そんなお顔を見ると、涙腺が。

「おねえさま……行っちゃうの？」

そして薔薇色《ばらいろ》の瞳を潤ませて見上げてくるサムと目を合わせたら、何だかたまらなくなってしまった。

「サム、元気でね……！　また冬には帰ってくるからね」

「ふえっ……おねえさま～！」

姉弟で泣きべそをかきながらひしと抱き合う。

後ろでお父様が寂しそうに肩を落としているのは気にしない。どうせお母様が背中を撫《な》でて慰めるから、やっぱり問題ないのだ。

さて、この国には魔列車というものが存在する。

魔法を動力にして動く巨大な鉄の塊であるそれは、一般市民から貴族まで幅広く利用されている交通の要だ。この魔列車に乗れば、王都の真ん中から学園の最寄り駅まで約二時間で着くのだからありがたい。

ちなみに私はこれでも名門貴族の娘なので、一等車両のボックス席を予約している。アロンドラと同じ席を取るのもいつものことで、私は友人と過ごすこの短い旅を楽しみにしていたのだ。

「アロンドラ、久しぶり！」

ドアを開けると、席には既にアロンドラが乗り込んでいた。

久しぶりの友人の姿に笑みが溢《あふ》れる。けれど以前会った時には夏休みの充実を語っていたはずのアロンドラは、どこか様子がおかしかった。

何かに思い悩んでいるような固い顔。いつも無表情な子だからわかりにくいようだけど、大事な友達の変調を見逃す私ではない。

「レティシア。久しぶり」

挨拶をする声にも覇気が感じられない。私は心配になって、対面に腰掛けながらも注意深く水色の瞳を見つめた。

「動物園はどうだった？　クサカバは見られたのかね」

「アロンドラ、何かあったの？」

質問に質問で返すと、アロンドラはしばし瞠目《どうもく》した後、小さなため息をついて苦笑して見せた。

「……魔女殿に話を聞いてきた。なかなか興味深い話がたくさんあってね、有意義な時間だったよ」

がたん、と車体が軋《きし》む音を立てて列車が走り出す。

徐々に速度を上げる景色には目を向ける気になれず、いつになく真剣な顔をした友人の次の言を待つ。

「結論から言えば、ヒセラ嬢は魔女かもしれない」

あまりのことに、すぐには返事を返すこともできなかった。

何も言わない私を置いてきぼりにして、アロンドラは淡々と説明を続ける。

「ヒセラ嬢が王太子殿下と出会った時、何となく瞳が黒くなったように見えた。彼女の目は元々黒っぽいから、見間違いかと思ったが……もしかすると魔女の黒い魔力と何か関係があるのではないかと思い、気になっていた。実際に魔女殿に聞いてみたところ、魔女は強力な魔法を発動させるときに、目の色が黒く染まることがあるそうだ」

ヒセラ様が、魔女……？

そういえば、アロンドラと夏休みに会った時に、お祖父様のお知り合いの魔女さんに聞きたいことがあるって言ってたっけ。あれはこの事だったの？

アグスティン殿下に出会った時に、ヒセラ様は魔法を使った？

あの局面で使う魔女の魔法なんて、一つしかない。

「ま、まさか……！」

「そうだ。王太子殿下は、ヒセラ嬢の洗脳魔法に掛かっている可能性がある」

私はぽかんと口を開けた。間抜け面を晒《さら》しただろうけど、もはや少しも気にならなかった。

え。

……え？

「えええええええ⁉」

「しっ、声が大きい」

アロンドラが口元に人差し指を当て、窘《たしな》めるように言う。

その仕草が珍しくて可愛かったので、私は少しだけ正気を取り戻した。

「ちょっと待って、じゃあ……！」

「一度目の人生でも、王太子殿下は洗脳されていたのかもしれないな」

「ええー⁉」

今度は小声で叫ぶことに成功したけど、驚きが冷める気配はない。

そんな、そんなことってあるの⁉

「なんていうか、だとしたら簡単すぎない？　アグスティン殿下は国内でも有数の魔力量で天才のはずでしょう？」

「魔女の魔法は一般の魔法とは質が違うから、いくら魔力量が多くても関係ない。ゆえに魔法を使用することを厳しく制限されているし、特に洗脳魔法を許可なく使用した場合は最高で極刑もあり得る」

そうか、そうだった。魔女の力は脅威になる。だからこそ最高刑を適用することで見えない糸で縛り、世間に漂う恐怖感を緩和させたことで、ようやく魔女は社会に受け入れられるようになったのだ。

「魔女殿に聞いたところによれば、洗脳魔法にはかけられる側の感情も必要になるらしい。要は、王太子殿下がヒセラ嬢に最初から好感を抱いていない限り、うまくいかないのだそうだ」

「かけられる側の、感情……」

それについては、多分あったんじゃないかと思う。

一般生徒のハンカチなんて、アグスティン殿下は拾わない。それなのに拾ってあげたのは、すれ違ったヒセラ様の美しさに、既に魅了されていたからではないだろうか。

「じゃあ、ヒセラ様はそうまでするほど、アグスティン殿下のことが好きだった、ということ……?」

「さてな。話したこともない人間の心など、私に解《わか》ることではないよ」

アロンドラは興味がなさそうに肩をすくめたけど、私はどうにも気になった。

ヒセラ様がそこまでアグスティン殿下を想《おも》うのなら、私のことはさぞかし邪魔だったことだろう。私を極刑に追い込んだのも彼女の仕業だったのかもしれない。ひどい話だと思うけど、そこまで腹を括《くく》っているのはある意味すごい、のかも。

「レティシア、君、また甘いことを考えているな」

アロンドラが水色の目を眇《すが》めて咎《とが》めるように言った。やだ、なんでバレてるの？

「今回のことは国家転覆に関わる重大案件だ。ヒセラ嬢が何を考えているのかわからない以上、あの二人が婚約すればいいなどと呑気《のんき》に構えている場合ではなくなった」

「それはそうね。ただ、証拠もなく王族が魔女に洗脳されたと騒ぎ立てれば、私たちが不敬罪で逮捕される可能性があるし……」

ものすごく大変なことになっているかもしれないのに、身動きが取りにくいという最悪の状況だ。

一体どうすればと頭を抱えたくなったところで、アロンドラがにんまりと笑った。

「我々で洗脳の有無をハッキリさせる。ここはカミロ殿とエリアス殿下にも協力を要請しようではないか」

……あの、ちょっと、お嬢さん？　魔女の魔法が間近で見られるかもしれないからって、随分と楽しそうですね。

まあでも、確かに。論より証拠って言うし、まずは私たちだけで調査するのは必要なことなのかもしれない。

「面白くなってきた。王太子殿下なんぞどうなっても構わないのだが、洗脳済みの国王など笑い話にもならないからな」

「もう、アロンドラったら」

アロンドラはいつものように適当に括った薄桃色の髪を揺らして笑っていた。

だから彼女の悩みが別のところにあるだなんて、この時は気付きもしなかったのだ。


その日は明日からの二学期に向けて早めに就寝し、次の日はホームルームと始業式だけだったので早々に終わった。

故に私たちは昼過ぎには図書室のいつもの席に集合することになった。カミロがお馴染みの結界を張ってくれたから、誰かに聞かれる心配はない。

「兄上が洗脳されているかもしれないだって⁉」

「おいおい、何だそれ！」

アロンドラの説明を受けて、エリアス様とカミロは驚きの声を上げた。

そうよね、驚くわよね。昨日の私も同じ顔をしていたんだろうなあ。

「まだ推測の域を出ないという前提で聞いて頂きたい」

冷静な口調で昨日と同じ話が語られていく。二人は難しい顔をしたり驚いたりしながら話を聞き終えたのだけど、まずはエリアス様が反応を見せた。

机に肘を突いて、頭を抱えてしまったのだ。

「……あり得る」

見えなくなった口元から呆《あき》れ混じりの低い声が聞こえてくる。

そっか、弟の目から見てもあり得るのね⁉

「おかしいとは思ってたんだ。あれだけ他人を見下している兄上が、何故《なぜ》か能力的に平凡なヒセラ嬢を選んだ。よっぽど好みなんだろうと思ってたんだけど……魔女か。確かに、色々と説明がついてしまう」

ああ、エリアス様のため息に際限がなくなってしまった。ようやくお顔を上げてくれたけど、だいぶ疲れ切ったご様子だわ。

「確かに、これは迂闊《うかつ》に声を上げる訳にはいかないね。アロンドラ嬢の言うことが事実なら、将来の国王に危機が迫っていることになる。兄上のことなんてどうでもいいけど、この国のためには何とかしないと」

アロンドラだけじゃなくエリアス様までアグスティン殿下がどうでもいいの⁉　何だか扱いが酷《ひど》くないかしら……⁉

「俺もそう思う。アグスティンのことはどうでもいいが、国の危機を黙って見過ごす訳にはいかないからな」

カミロがその認識なのはなんとなく知ってた。うん、いちいち心の中で突っ込むのはもうやめよう。

「ふむ。では、お二人ともご助力頂けるということでよろしいのでしょうか？」

アロンドラが淡々と言って首を傾《かし》げる。

エリアス様は普通の女生徒なら黄色い声を上げるであろう、麗しい笑みを浮かべた。

「勿論《もちろん》だよ。君が気が付かなかったらとんでもないことになっていたかもしれない。王族の一員として心から感謝する。女性を危険な目に遭わせる訳にはいかないから、むしろ僕達《ぼくたち》が中心になって調べてみるよ。なあ、カミロ」

「ああ、そうだな。同じクラスじゃ難しいかもしれないが、二人ともヒセラ嬢には近付かない方がいい。知恵だけ貸してくれ」

男性陣は揃《そろ》ってなんの躊躇《ためら》いもなく頷いてくれた。

王子殿下こそ危ない目に遭わせる訳にはいかないと思うのだけど、頼もしい人たちで本当に良かった。この上ないメンバーが集ったことに、私は安堵《あんど》のため息を吐く。

「心強いわ。良かったわね、アロンドラ」

「ああ、確かに調査にはうってつけのメンバーだな」

アロンドラもまた満足げに頷いている。

第二王子というお立場で聡明《そうめい》なエリアス様に、竜騎士並みの実力を有するカミロ、そして魔法学に長ずるアロンドラ。確かに魔女の調査にちょうど良さそうよね。

……あれ？　私、必要？

「ところで、気になったのだけど。ヒセラ嬢が一度目の人生の記憶を取り戻しているということはないのかな」

　私はエリアス様が思案顔で言ったことに衝撃を受けていたので、この時のカミロが一瞬だけ顔色を白くしたことに気が付かなかった。

「ヒセラ様が記憶を取り戻している？　もしそうなら、色々とややこしいことになるのは間違いない。

「エリアス様、どうしてそう思われるのですか？」

「いや、特に根拠のない可能性の話だよ」

　エリアス様が仰《おっしゃ》ることはこうだった。

　ヒセラ様が黒い魔力を持っていたとして、普通の魔力が少ない可能性はある。そうなると記憶の蓋は弱く、何をきっかけにして思い出すかわからない状態だと言える。

　相手が悪意を持った魔女となれば、最悪を想定した方がいいのだと。

「それに万が一記憶を取り戻しているなら……兄上とうまくいかないことを、レティシア嬢のせいにしたりはしないだろうか」

「え、わ、私ですか⁉」

　私が裏返った声を上げたのと同時、カミロが俄《にわか》に表情を厳しくした。

「レティシアのせいってのはどういう意味だ、エリアス」

「嫌だな、僕に怒らないでくれよ。前に言っただろう？　あの二人が一度目の人生で盛り上がったのは、レティシア嬢という障害があったおかげじゃないかって。いや、むしろ……洗脳魔法を使うほど狡猾《こうかつ》な人間なら、レティシア嬢を上手《うま》く利用していたとも考えられる」

私を上手く利用していた。

もしもその仮説が本当なら、二度目の人生では利用できなかったことを、ヒセラ様はどう感じるのだろうか。

カミロが怖い顔をして腕を組んでいる。何を考えているのか問いかけようとした時、不意に若草色の瞳と目が合った。

「もしかすると、あの女に狙われるかもしれない、ってことか？」

……はい？

「ああ、僕もそう思うよ。もう一度兄上のことが好きになるように洗脳するなり、逆恨みで害そうとするなり、ね」

「そんなこと、俺が許すはずないだろ！」

え、え？

「確かにあり得るかも知れませんね。油断は禁物でしょう」

アロンドラまで？

「レティ！」

「はいっ⁉」

カミロが大声を出して手を伸ばしてくる。机の上に置いた両手を上から握り締められ、怖いくらいに真剣な瞳で見つめられた私は、呆気《あっけ》なく赤面した。

「しばらく君の警護を固める！　絶対に守るから安心してくれ！」

……いや、ええっと。みんなまだ確定していない事のために、考えすぎじゃないのかな？

「あの、そこまで頑張ってもらわなくても……」

「良《い》いではないか、レティシア。用心するに越したことはないのだから」

アロンドラは真面目に言う割に、その顔にニヤニヤとした笑みを浮かべていた。

エリアス様も同じ様な顔をしているのを確認した私は、カミロにお礼を言いつつさりげなく手を離した。

うう、揶揄われるのって辛《つら》い！　早く話題を変えよう！

「う、あの、ところでエリアス様！　アグスティン殿下のご婚約はお決まりになられましたか？」

それは咄嗟《とっさ》に出した話題だったけれど、重要な確認事項でもあった。

何せアグスティン殿下がヒセラ様以外と婚約するなら、その人は最終的には処刑される可能性が高い。私が婚約を断って未来が変わったせいで、別の女性が悲劇の王妃になるなんて絶対に駄目だ。

「ああ、それについては僕も父上に聞いてみたんだけどね。やっぱりヒセラ嬢との婚約は認めず、兄上に婚約候補者リストを渡したと仰っていた。けどそのリストの内容は、御令嬢たちの名誉に関わると言って教えてもらえなかったんだ」

「……そうですか」

国王陛下の賢明ぶりを聞いて、私はそっと肩を落とした。

やっぱり婚約者候補が別に立てられてしまった。ヒセラ様が王太子妃《おうたいしひ》になるより国のためには良いのかもしれないけど、選ばれた女性が心配だ。せめて名前がわかれば今からでも対策が立てられるかもしれないのに……。

考え込んでいると、ちょん、とアロンドラが私の腕をつついた。

「考えても仕方がないよ、レティシア。誰が王太子妃になろうが君のせいではない」

「アロンドラ……」

優しい友人は小さく微笑んで慰めてくれるから、心強くて温かい気持ちになる。

けれど自分には関係ないと割り切るのはやっぱり無理そうだ。何せ一人の人間が命を落とすかもしれないのだから。

私こそが何とかしなければ。アグスティン殿下が洗脳されていると証明できたら、未来の王妃となる女性も救うことができるのだろうか。

考え込む間にも話は進み、最後にはエリアス様がにこやかにまとめてくださった。

「では、ここに魔女調査隊を結成しよう。各自警戒を怠らないようにすること、いいね？」

「おう！」

「はい」

それぞれの調子で返事を返すカミロとアロンドラ。三人の表情は真面目ながらも生き生きとして

おり、さながら秘密結社といった風情だった。

なんだかみんな楽しそう。まあかく云《い》う私も、少しだけワクワクしているのだけど。

＊

私は一人で王城の廊下を歩いている。

陛下が病に臥《ふ》せって以降、私の味方はもうカミロと両親しかいなくなってしまった。

そしてカミロは今『国境にて隣国に怪しい動きあり』との報を受けて出撃しており、その精悍《せいかん》な笑みに出会うことは叶《かな》わない。

今日もひそひそと後ろ指を指されるのを感じるけれど、気にしていたらキリがないから無視をしよう。

目立つと思って選んだカナリア色のドレス。今日こそアグスティン殿下は褒めてくださるかしら……？

しばし王城の中を歩いたのち、すらりとした姿を見つけられずに庭へと出る。

爽やかな空気が頬を撫でる中、アグスティン殿下は前庭のガゼボにいた。

そう、ヒセラ様と一緒に。

仲睦《むつ》まじい様子で身を寄せ合い、お互いにしか聞こえない大きさの声で囁《ささや》き合っている。

二人の唇が触れそうな距離にまで近付いたところで、私は目を逸《そ》らして歩き出した。

……そうよね、わかっていたわ。ずっとこの繰り返しだもの。

アグスティン殿下はまるで私を空気みたいに扱う。最低限の同行は許してくださるけど、全く興味がないのを隠しもせずに、空っぽな瞳で私を見る。

旦那様と素敵な家庭を築きたいと願うのは、そんなに間違ったことだったのかな……？

＊

暗闇に沈んでいた瞳を、瞼《まぶた》を透過した光がぼんやりと照らしている。

私は寮の自室にて目を覚ました。今日は新学期の二日目。学校が始まって嬉しいはずなのに、最悪な気分で眉間を揉《も》む。

「……嫌な夢」

どうやら昨日の会議のせいで一度目の人生の記憶が呼び覚まされてしまったらしい。

アグスティン殿下は婚約者として出会った瞬間から私に興味がなさそうだった。まだヒセラ様は転校してきていなかったから、他に愛する人がいるからというわけではない。

結婚してからもそれは変わらなかったし、当時はそういうものだと思っていたけど、改めて考えてみれば流石《さすが》におかしい気がする。

世継ぎを作るのは国王の義務なのだから、アグスティン殿下ほど自身の立場にプライドを持っている人が、私に指一本触れないだなんてことがあるのだろうか。洗脳されていたが故だとすれば、全てに説明がついてしまう。

鮮明になった思考についていけずにため息をついてから、ベッドを出て顔を洗った。

夏服に着替えておさげを結い、大事な相棒を装着すれば、鏡に映った私はいつも通りのガリ勉地味眼鏡だ。

「……よし。今日も頑張ろ！」

まだ何もわからないのだから考えたって仕方がない。元気にひとりごちてから、朝食を取るべく部屋を後にする。

するとちょうどアロンドラがやってきたので、私は目を白黒させた。

「おはよう、レティシア。昨日取り決めた通り、君の護衛をしに来たよ」

「あはは……おはよう、アロンドラ」

そう、過保護を発動させた三人によって、しばらくの間一人で動かないようにとの厳命が下されてしまったのだ。

何でも魔女の魔法は基本的に違法だから、誰かといる時にヒセラ様が仕掛けてくる可能性は低くなるらしい。

うーん、いくらなんでも考えすぎだと思うんだけどなあ。

「心配してくれてありがとう。でも、人目があるところなんだし大丈夫よ？」

「駄目だ。何かあってからでは遅い」

アロンドラがにべもなく言うのに苦笑を返して、二人連れ立って歩き出す。

食堂はいつものことながら女生徒しかおらず、華やかな活気に満ちていた。

寮の食堂はいつでもバイキング形式だ。私はパンとサラダ、スクランブルエッグを皿に盛ったけど、アロンドラはゆで卵とコーヒーしか手に取らなかった。

「相変わらず少食ね」

「今は空腹ではないのでね」

アロンドラはとても華奢《きゃしゃ》で、実際にあまり食べない。ボランティア部副部長にして大食い美女、クルシタさんの十分の一くらいだろうか。

空いている席を見つけて対面に腰掛ける。食べ始めようとしたところで、一つ離れたところに座った女の子たちの会話が聞こえてきた。

「えー！　カミロ様がどこぞの美女と動物園に⁉」

「そんなあ、ショックですわ！」

「黒髪の大変な美女だったんですって。見たことない方だったそうよ」

会話はヒートアップし、声が高く聞き取りやすくなっている。

……はい！　おこがましいけど、それ、私だ！

やっぱり誰かに見られてたのね。けど私だと気付いた人はいないみたいだし、一応安心だと思ってもいいのかな。

「ふふ、そういえば動物園の話は聞いていなかったな」

噂《うわさ》の当事者を前にして、アロンドラが楽しげに微笑む。コーヒーを飲む仕草はまさに淑女なのだけど、目の下のクマは相変わらず存在感がある。

……あれ？　いつもより、クマが濃い、ような。

「アロンドラ、寝てないの？」

「ん？　別に、寝ていないのはいつものことだろう」

怪訝《けげん》そうに首を傾げるアロンドラに、別段変わった様子はないように見えた。

うーん……たまたまいつもより寝不足だったとか、そんなことだったのかな。ちょっと心配だけど、元気そうではあるものね。

「動物園ね。ええと、目当てのクサカバがとっても可愛くて」

私は小声で話し始めた。カミロの名前さえ出さなければ、たとえ聞かれたとしても関連付ける人はいないだろう。

放課後がやってきた。

魔女調査隊の四人は今、垣根の側にしゃがんで中庭を覗《のぞ》き込《こ》んでいる。

視線の先にいるのはヒセラ様とアグスティン殿下。木製のベンチに腰掛けて、親密な距離感でおしゃべりに興じているようだ。

あ、ヒセラ様が膝の上に置いたクッキーを手に取って差し出したわ。

アグスティン殿下はそれを……食べた！　俗に言うあーんってやつね。ラブラブじゃない！

「肉親のラブシーンって、改めて見るとキツいものがあるな……」

「あの、エリアス様はなるべく見ないようになさった方が」

エリアス様がげっそりとした顔で言う。お気の毒に思って何とか元気付けようとした私とは反対に、アロンドラは容赦がなかった。

「何をおっしゃいますエリアス殿下。私だけで結構だと言ったのに、付いてきたのはあなた方でしょう」

そう、どうして覗きなんかをしているかと言うと、実はヒセラ様が魔女であることを確認しに来ているのだ。

アロンドラが魔道具を所持しているらしく、それを使えば判定が出るらしい。結界を張ると魔道具の使用を遮ってしまうので、何の防御もないまま行わなければならない。

「目立っては困るので一人で行く」と言ったアロンドラだけど、心配したエリアス様によって最終的には全員で取り組む事になったのだ。

「こんな危ないこと、女の子に任せられないよ。それに一応は自分の目でも確認しないと」

エリアス様はいかにも嫌そうに、兄王子カップルを斜めに見ている。カミロも呆れ顔をしているし、みんなどうでもいい……あ、今度はアグスティン殿下が食べさせているわ。カミロも呆れ顔をしているし、みんなどうでも良さそうね、本当に。

「そりゃそうだな。まあ、とっとと済ませて戻ろうぜ」

「そうだな、カミロ殿。あれだけ二人の世界なら大丈夫な気もするが、バレる前に退散せねばなるまいよ」

言いつつアロンドラが鞄《かばん》から取り出したのは、大きな虫眼鏡のような代物だった。人の顔くらいはあるだろうか。初めて見る道具に興味を惹《ひ》かれていると、アロンドラが得意げに腰に手を当てた。

「これは魔女眼鏡といって、魔女であるかどうか確認するための貴重な魔道具だ。これで覗き込むと魔女の魔力が視覚化されて、黒いもやが見えるらしい」

「まあ、すごいのね」

「お祖父様の研究室からぬす……借りたんだ。ではかざすぞ。皆、覗き込んでみてくれ」

垣根の中で大きな隙間が空いた箇所を見つけ、アロンドラが魔女眼鏡をかざす。

私たちは四人で顔を寄せ合って、レンズの向こうを覗き込み――この世の物とは思えないほどの禍々《まがまが》しい黒を見た。

多分だけど、全員表情が固まったと思う。

お互いに困惑を隠しきれない瞳で目配せをし合ってから、また魔女眼鏡を覗く。

それはもやというよりも、生き物のようだった。

黒い粘着質な物体がヒセラ様の周りで渦を巻き、隣のアグスティン殿下を覆い隠すほどの大きさとなってぞろぞろと蠢《うごめ》いている。見ているだけで気分が悪くなるような形状をしたそれに、私は思わず口元を押さえた。

「こ、これは……」

「ああ、すごいな」

そう言ったカミロはいつになく真剣な表情をしていた。アロンドラは顔を青ざめさせているし、エリアス様も同様だ。

これでヒセラ様が魔女であることが確定してしまった。私たちはもしかしなくとも、とんでもない人を相手にしているのかもしれない。

＊＊＊

私くらいの美貌を持って生まれたなら、頂点を目指してみたくなるってものじゃない？

私の名前はヒセラ・エチェベリア。正直に言って絶世の美女だ。

銀色の髪は艶《つや》めいているし、ディープグリーンの瞳は吸い込まれそうな色をして、顔の造作は女神のように整っている。

ただし残念だったのが、男爵家の私生児なんていう何の恩恵もない立場に産まれたこと。

父からの援助を得て、そこそこ綺麗《きれい》なアパートに母と二人で暮らした。母さんは優しかったけど、酔うと雇い主だったという私の父への恨言《うらみごと》を口にする。

私は幼いながらに「馬鹿だな」と思った。こんなに美人なんだから、もっと取り入って金を搾り取れば良かったのに。

だからこそ、母を横目に見ながらこっそり魔女の魔法を練習した。

自分が黒い魔力を持っていると気付いたきっかけは、今となっては思い出せない。

世間では煙たがられている力だし、違法なのはわかっていたけど、持っているものは使わなきゃ勿体無《もったいな》い。

一応学校には通わせてもらっていたので、字が読めることも功を奏した。たまたま出会った魔女に頼み込んで、必死で練習して。試しに洗脳魔法を近所の男の子に使った時、簡単にかかるんだから驚いたわ。

師匠によれば、洗脳魔法にはかけられる側に感情の土台が必要らしい。

つまり私の虜《とりこ》にしたいなら、私に対して少しでも好意を持っている必要があるってこと。要するに、これほどの美少女である私にはうってつけの能力というわけだ。

それからは楽しかった。

極刑になる可能性があることだってどうでもよかった。バレなければ使っていないのと同じなのだから。

同級生で一番美形だった男と恋人同士になって何でもお願いを聞いてもらったし、時にはお金持ちの男をたぶらかして色々と買ってもらったりした。

そして十六歳の春。

酒の飲み過ぎが祟《たた》って母が死に、私はエチェベリア男爵家へと引き取られることになった。

継母《ままはは》にいびられたりしたら面倒だなって思っていたけど、幸いなことに全寮制の学園に通うことになった。まあ、体の良い厄介払いってやつよね。

こうして、私は我が国の尊き王子様と出会うのである。

転入初日の朝。たまたま遠目にアグスティン様の姿を確認した時、自分の中の欲望が鎌首をもたげたのを感じた。

私ならたとえ男爵家の私生児だとしても恋人くらいにはなれるんじゃないか。王太子殿下の恋人だなんて、さぞかし気持ちのいい立場だろうって。

私は早速実行に移した。ハンカチをアグスティン様の前で落として、拾ってもらった瞬間に洗脳魔法を発動させる。

思いの外簡単に魔法にかかったアグスティン様に、やっぱり私の外見は男にウケるなと確信する。

ほんと、男ってみんな馬鹿で、可愛いわよね。

そうして幾日かが経《た》ったある日、アグスティン様にお願いして連れていってもらったモレス山にて、私は衝撃的な出来事に見舞われることになった。

山道でばったり出会った、おさげで地味な眼鏡っ子。えっと、クラスメイトだっけ？　なんかこんな子、いた気がするけど。

私はまじまじと芋くさ女を眺め、その隣に立つ男へと視線を滑らせる。

その瞬間、強烈な光が頭の中を焼いた。

知らない男。それなのに凍《い》てつくような若草色の瞳で私を見ている。

赤い髪に十代にしては逞《たくま》しい体つき。長身で見下ろされると体がすくむようだ。何より、その手に持った長いトングが、私の頭の奥深くを刺激する。

そうだ、初めて会ったわけじゃない。

私、私は。

この男に、殺された。

命乞いの間すらなく。

トングではなく竜騎士の剣を持った、カミロ・セルバンテスに……！

真っ白になった頭の中に記憶が流れ込んでくる。

今生と同じようにアグスティン様を洗脳したこと。

王太子のくせにあまりにも簡単に洗脳魔法にかかるから、欲が出てしまったこと。

卒業後は愛人として様々な恩恵を受けたこと。

周囲に反対されればされるほど、洗脳魔法の効果が上がったこと。

ヒセラ妃反対派の力を削《そ》ぐために、第二王子のエリアスを事故に見せかけて殺したこと。

そしてレティシア妃を処刑したのは、全て私の企てだったということ。

そう、男爵令嬢なんて安い立場じゃ、正攻法で王妃になんてなれるわけがない。

まずはレティシア妃が勝手に暴走してくれたおかげで、私はただ普通にしているだけで評判が上がった。

彼女がどんどん悪評だらけになっていくのを眺めて、時には困ったふりをして、王妃に使われたお金より少ない額しか使わないようにすれば、誰もがヒセラ様の方が慎《つつ》ましいと噂した。

最後には濡《ぬ》れ衣《ぎぬ》をでっち上げて殿下……いいえ、アグスティン陛下に申告してあげた。

アグスティン様にとってはレティシア妃の実家ベニート侯爵家が邪魔だったこともあったみたいね。前国王派は総じて大嫌いで、その筆頭である侯爵にはいつも諫《いさ》められて苛立《いらだ》っていたから。

よって、王妃の処刑はすぐに行われた。

悪名高い黒薔薇《くろばら》妃《ひ》がいなくなってしまえば、もうあの愛人を認めてやれという空気になる。

感無量だったわね。だって、ここまでたどり着くのにどれほどの手間をかけたかわからない程だったもの。

ようやく戴冠して、これから王妃生活を満喫してやるぞって思ったわ。

それなのに。

最後の瞬間に感じたのは、混乱と恐怖、そして悔しさ。

手を尽くして王妃にまでなったのに。暗殺者が何を動機にやって来たのか理解しないまま、私はこの男に殺されたのだ。

……落ち着いて。落ち着け。

動揺を見せるな。まだ状況がわからない。とにかく一番違和感のない反応を示さないと！

「貴方《あなた》は確か、クラスメイトの……！」

まずは女同士話すのが普通と判断して、芋女に声をかける。

彼女から返ってきた答えは、想像を絶するものだった。

「ご、ご機嫌よう。レティシア・ベニートです。ヒセラ様」

……何ですって？

レティシア・ベニートって、あの黒薔薇妃レティシアのこと⁉

嘘《うそ》でしょう？　一度目の時はあんなに派手で綺麗で、誰よりも目立っていて、努力なんて大嫌いで、そんなところがアグスティン様に嫌われていることも気付かないお馬鹿さんだったのに……！

どう見てもガリ勉じゃない！

私はすっかり唖然《あぜん》としてしまって、その後の会話を上の空でこなす事になった。

気がついた時には解散していたので、山道を降りながらアグスティン殿下に気になったことを問いかけてみる。

「アグスティン様、今のお二人、婚約者同士なんですか?」

しかしながら、アグスティン様からは反応がない。

……あの二人が気になるんだ?

「ねえ、アグスティン様! 聞いておられますか?」

苛立った私はつい声を荒らげてしまった。アグスティン様はようやく瞳を震わせて、私と目を合わせるようにした。

「ああ、すまない。何だった」

「今出会ったお二人が婚約されているって本当ですか、って聞きました」

「……どうでもいいだろう、そんなこと。私たちには関係ない」

なるほど。このぼかした言い方、さっきあの二人を婚約者って言っていたのはただの嫌味じゃなかったみたいね。

頭の中で点と点が繋《つな》がっていく。

一度目の人生にて、天才竜騎士カミロ・セルバンテスはレティシア妃のことが好きだった、ように見えた。

私くらいしか感じ取っていなかったと思うけど、そういったことにはすぐ気がつく方だ。つまり私とアグスティン様が殺されたのは、レティシア妃の復讐《ふくしゅう》ってことになる。

……ちょっと待ってよ。そもそも、どうしてあの二人は婚約しているわけ？

だってそうでしょ。私しか記憶を取り戻していないのであれば、周囲の関係も寸分違わず同じゃないとおかしい。

私より先に、記憶を取り戻している？

誰が？　決まってる。

あの日……カミロ・セルバンテスは、間違いなく記憶を取り戻している。

レティシア妃も、外見が違いすぎるあたり多分思い出しているわね。

つまりあの男はようやく想いを遂げたってことか。ふうん、なるほど。じゃあもう、レティシア妃を利用することはできないわけだ。

実際に今生のレティシア妃はアグスティン様と婚約していないから、利用しにくいってのもあるけど。

あんな男が側に張り付いてたんじゃ無理。また殺されるのは、絶対に御免だ。

「ヒセラ、君はボランティア部に参加したいと思うか？」

「ボランティア部ですか？　そうですね、私は手芸部なので中々難しいですが、素晴らしい活動をされていると思いますよ」

アグスティン様の質問に、当たり障りの無い答えを返してやる。

レティシア妃のことが気になってるの？　この様子だと、アグスティン様は記憶を取り戻さなかったみたいだけど。

頭のいい女が好きなんだっけ。ほんと、男って馬鹿ばっかり。

「……折角だし、街にでも寄って行こうか」

「本当ですか？　行きましょ、アグスティン様」

腕を取って歩きながら、私は笑みが顔に浮かぶのを抑えきれなかった。

理不尽に殺されて最低だった一度目の人生。

どうして時を遡ったのか知らないけど、こんな幸運は二度とないだろう。

二度目の人生でも、私はこの美貌と魔女の魔法を駆使して頂点を目指してやる。

レティシア妃が道化になってくれないなら……アグスティン様の新しい婚約者を、利用すればいいだけの話だ。

＊＊＊

ヒセラ様は一体何を目的としているのだろうか。

私たちはすぐに図書館にて議論を交わしてみたが、結局のところ答えは出なかった。

魔女は世界中で畏怖を集める存在だ。かつて差別されていた経緯から国家に関わろうとする魔女はおらず、それはどの国でも同じこと。

更に魔女の魔力を政治利用することは国際法で禁じられている。戦争行為、スパイ活動に魔女は決して協力してはならない。

当時の首脳たちによる取り決めは今日まで破られたことはなく、もし法を犯す国があれば、間違いなく我が国を含む列強による制裁を受けることになるだろう。

つまりヒセラ様がどこかの国の工作員である可能性は、ゼロではないが限りなく低いのだ。

だからこそ行動が読めなくて怖い。動機がただの恋愛感情ならまだわかりやすいけれど、思いもつかない理由であることも考えられる。

「どうやら、ここは国王陛下に報告するべきみたいだね」

エリアス様が静かに言ったことに、反対を唱える者は一人もいなかった。

魔女だという証拠を得た今、それ自体を報告するのは特に問題のあることではない。

恐らくだけど、国王陛下は独自のスパイ組織を持っている。どの国の国家元首もそういうものなのだ。

魔女だからといって洗脳したと言いがかりをつける訳にはいかないが、魔女が王太子殿下に近づいたとなれば、身辺調査を行う理由に余りある。

あれ程の黒い魔力を持つのだから、きっとどこかで使用してきた可能性は高いはず。

ヒセラ様の過去を含めて怪しい動きがないか調べてくださったなら、何かわかることがあるかもしれない。

「エリアス、頼んで良いのか？」

「もちろん。これくらいのことなら任せてよ」

カミロの問いかけに、エリアス様は当たり前のように頷いてくれた。

第二王子の頼もしい言葉を受けて、アロンドラが思案顔で言う。

「これで国王陛下が調査を行ってくださるだろう。その結果が出るまでは、調べ物と監視くらいしかやる事がないな」

「確かにそうね。洗脳の証拠を摑《つか》むことができれば一番良いんだろうけど……」

何か方法はあるだろうかと考えようとしたところ、眉を吊り上げたカミロが間髪入れずに声を上げた。

「そんな危ない事、駄目に決まってる！」

「そ、そんなに駄目なの⁉」

全力で否定されてしまった。確かに私の魔力の少なさじゃ役には立たないだろうけど、何だか過保護が加速しすぎているような。

「まあ、当面は大人しくしていることだね」

エリアス様の苦笑は見守る者特有の温かさを有しているように見えた。小さく頷いたアロンドラも同じ顔をしている。

こうして、私たちは調査が終わるまで、束《つか》の間《ま》の日常を得たのである。

# 第二章　最強の助《すけ》っ人《と》

それはヒセラ様が魔女だと発覚した数日後のことだった。

クルシタさんと部活に行くべく廊下を歩いていた私は、突き当たりのところで赤い髪の後ろ姿を見つけた。

「あらあ？　あれは、カミロくんかしらあ？」

「そうですね。誰かと話しているみたいですけど」

話している相手は大柄な男子生徒だった。かなりの長身であるカミロより更に背が高くて、筋骨隆々の体躯《たいく》をしている。

あれは確か二年生でマルディーク部のニコラス・トラーゴ伯爵令息だ。

この夏の三年生引退で部長に就任した彼は、カミロの次くらいの実力を持つと聞いたことがある。体が大きく目立つこともあって、世間の事情に疎い私ですら知っている貴重な人物だ。

それにしても何を話しているのだろう。ニコラス様は頼み込むように顔の前で両手を合わせ、必死に頭を下げている。

「この通りだ、カミロ！　レギュラーの一人の怪我《けが》が長引いててさ、困ってるんだよ！　古巣を助けると思って！」

「だから、俺は忙しいんだって。退部したんだからもう出る気はないよ」

「もう一度入部すればいいだろう⁉　なあ頼むよ、伝統の練習試合、負ける訳にはいかねえんだよお！」

泣きつく勢いのニコラス様と、面倒だと思っているのを隠しもしないカミロ。

彼らは私達《わたしたち》の進行方向にいるので、尚《なお》も揉《も》めているうちにどんどん距離が詰まってしまい、最終的にカミロと目を合わせることになった。

「レティシア！　それに、副部長も」

「……ご機嫌よう」

「ご機嫌よう、カミロ君。いったいどうなさったのお？」

クルシタさんがおっとりとした声で質問すると、カミロは得たりとばかりに顔を輝かせた。

「実はマルディーク部から助っ人を頼まれて困っていたんです。今からミーティングですよね？　俺もご一緒します」

なるほど。古巣からの勧誘を断るために、私達はちょうどいい所に現れたみたいね。

でも良《い》いのかしら。ニコラス様、本当に困っている様子なのに。

「カミロぉ！　行かないでくれええええ！　頼む、この通りだ！」

「うるさいぞニコラス。俺はボランティア部が楽しいんだ、マルディーク部に戻る気はないって言ってるだろ」

カミロは面倒くさそうにため息を吐いたけど、私はつい思ったことを口に出していた。

「マルディーク、見てみたいなあ……」

ピクリとカミロの肩が揺れる。いけない、余計なことを言ってしまったわ。

でも見てみたかったんだもの。カミロの試合中の姿なんて、それこそ一度目の人生での御前試合でしか目にしたことがなかったし。

きっと格好良いんだろうな。けれど他でもないカミロが決めたことだもの、私が無神経にお願いしていいことでは無いわよね。

「そんなに困っているなら仕方がないな、ニコラス。助っ人参加してやるよ」

カミロ、部活に行きましょうか。出かかった台詞《せりふ》を急遽《きゅうきょ》飲み込んだ私は危うくむせる所だった。

今の一瞬でどうして心変わりを？　あんなに嫌そうにしていたのに？

「本当か、カミロおおおおお！」

「マルディークが嫌いで辞めたわけじゃないしな。たまにはいいだろ」

「ありがとう！　本当にありがとう、カミロッ！」

感激した様子で叫ぶニコラス様を前に、カミロは先程までと打って変わって機嫌が良さそうだ。

仲間の熱意にほだされてということなのかしら。ニコラス様、良かったわね。

それに私も嬉《うれ》しい。記憶を取り戻さなければマルディーク部を辞めることはなかっただろうから、責任を感じていたのだ。

……うーん、本当は見に行きたいけど、遠慮した方がいいかな。私みたいなのが花形運動部の試合なんて見に行ったら、きっと浮いちゃうもの。

「あらあ。カミロくん、マルディークの試合に参加するの？　そういうことならボラ部で応援に行こうかしらあ」

しかしそんなことを考えていたら、クルシタさんがおっとりとした口調で驚くべきことを言い出すではないか。

ボラ部でカミロの応援に行く？　考えたこともなかったけど、それって、凄《すご》く楽しそうなのでは。

「本当ですか？　ぜひ来て下さい！」

そしてカミロが太陽のような笑みを見せてくれるから、心がぽかぽかと温かくなってくる。

……そっか。私たちが応援に行ったら、喜んでくれるのね。

「今日のミーティングで聞いてみるわねえ。カミロくんは今からマルディーク部に行くのかしらあ？」

「ええ、そうさせてもらいます。すみません副部長」

「良いのよお、人助けはボランティアの基本だもの。ね、レティシアちゃん」

急に話を振られた私は心の準備ができていなかったので、「え、あ、そうですね」と歯切れの悪い返事をしてしまった。

話について行けていない私の様子を気にするでもなく、カミロは真《ま》っ直《す》ぐ見つめてくる。

「レティシアも、来てくれるか?」

「え? えと、はい。行くわ。行きます」

私はこくこくと頷《うなず》いて、その瞬間のカミロの笑みが、二人きりの時しか見せない溶け切ったものであることに気付いた。

そして同時に思い知る。カミロは私の前で、普段は見せない表情を見せてくれていたんだってことを。

「それじゃ、俺はこれで。副部長もレティシアも、部活頑張って下さい」

「はあい。カミロくんも頑張ってねえ」

クルシタさんと挨拶を交わし、カミロはむしろニコラス様よりも率先して歩き去って行った。

何だかやる気十分って感じだ。まさか私が見たいって言ったから、とか……。

い、いやいやいや。流石《さすが》にそれは自惚《うぬぼ》れよ。そんなはずないじゃない。

「うふふ。楽しみねえ、レティシアちゃん。それじゃあ私達も行きましょうか」

「……はい、クルシタさん」

そしてクルシタさんの笑みも、何となく揶揄《からか》う色が含まれているような気がするけれど。

気のせいだと、思いたい。

「ねえアロンドラ、魔女って結局何なのかしら」

アロンドラと二人で図書室で魔女についての調べ物をしていた私は、ふと頭をよぎった根本的な疑問を口にした。

積み上げた資料から顔を上げ、アロンドラがふむと頷く。

「それは全ての魔法学者の関心ごとだな。魔女の黒い魔力が確認されて約千年、研究が続けられているが未《いま》だ手がかりは得られていない」

魔女とは何なのか、どこから出現した力なのか、どうして女性しかいないのか。

そして、どうしてあそこまでの力を持つのか。

その全てが謎だらけなのである。

「魔女は中世以前の記録には登場すらしないのよね」

「ああ。学者の間でも、何かのきっかけがあって出現したのは間違いないという認識だな」

「千年前、ね。一体何が起こったのかしら……？」

学者さん達の必死の研究でも解き明かせなかったのだから、私がいくら考えても無駄だというのはわかってる。

ヒセラ様について何かわかる事がないか調べているところなのに、もはや脱線しているに等しいってことも。

けど、何だか妙に気にかかったのだ。この直感にも似た引っ掛かりは、一体どこから来るのだろう。

「ねえ、言ってみれば、一度目の時は魔女であるヒセラ様によって王室がめちゃくちゃにされたのよね、多分。けど、今までの歴史で魔女がそこまでの悪さをしたなんて話は聞いた事がないわ。人が勝手に恐れて差別して、だからこそ憎みあって、現在に至っては一応の和解を見ている」

「そうだな。あれ程特異的な力を持った魔女が、歴史に悪として名を残したという話は殆《ほとん》どないと言っていい。それについては歴史学者も含めて疑問を持ち、散々研究されているが、結局『たまたまそうならなかっただけ』という結論に至った。まあ、露見していない可能性も当然あるが」

「確かにそうなのかもしれない。けど、そうじゃなかったら……？」

言いながらも、私は思考回路が一つの可能性に向かって集結していくのを感じていた。

アロンドラも同時に息を呑《の》む。私たちは音を立てて立ち上がると、魔法学の本を集めた棚に向かって走り出した。図書委員に怒られたけど、構っていられることではなかった。

「アロンドラ、あの、あの人……！　大昔に女神シーラに会ったって魔法学研究者、誰だっけ!?」

「レオカディオ・ネメシオだ！　……よしあったぞ、手記の現代語訳だ！」

興奮のあまり声を震わせたアロンドラが、目にも止まらぬ手捌《てさば》きで分厚い本をめくる。

やがて手を止めたページには、こんな記述があった。

◆

研究に行き詰まったときは散歩がいい。緑は目を休ませてくれるし、陽の光は肩のこりを和らげる効果があるように思う。

その日も私は近所を歩いていた。人気のない路地に差し掛かった時、私の目の前に現れたのは、この世のものとは思えないほど美しい女性だった。

彼女は自らを時の女神シーラと名乗った。何でも遥《はる》か昔から時間というものを管理してきたと言う。

これ程の美女がうだつの上がらない研究者を捕まえて、わざわざ冗談を言う理由はどこにあるのだろう。

私は最初こそ警戒したが、近くのベンチに腰掛けて話すうちに、頭がすっきりとしてくるのを感じていた。

彼女は聡明《そうめい》で、話せば綺麗《きれい》に打ち返してくれて、全てを見通すような瞳の持ち主だった。もしかすると本当に女神なのかもしれない。そう信じたくなるほどには、不思議な魅力を秘めていたのだ。

◆

私は大きく目を見開いたまま、何度もその記述を読み返した。

アロンドラも同じようにしていたのだろう、なかなかページをめくる気配がない。

「そうだ、レオカディオはこの地上で女神シーラと出会った。時期は定かではないが……」

小さくつぶやいて、何かに突き動かされるように著者紹介のページを開く。

「彼の生きた時代は、ちょうど千年ほど前だ」

「千年……！」

反復した声に驚愕《きょうがく》が滲《にじ》んだ。

千年。つまり、魔女の黒い魔力が登場した時期と一致する。

「もしや、こういうことなのか？　黒い魔力が出現したことによって、女神は地上へと視察にやって来た」

「そして魔女が悪さをする度に、時を戻してやり直しをさせた……？」

衝撃に揺れる瞳を見合わせた私達は、もう一度レオカディオの手記へと視線を落とした。研究についての詳細な記述が続くが、その後女神シーラが登場することは二度となかった。

これ以上の情報はどうやら手に入ることはなく、私達の仮説は推測の域を出ない。けれど、やはりこの研究者の手記が妄言だとは、どうしても思えなかった。

「証明する手段が見つかることは無いだろうが……もしこれが本当なら、歴史的発見だな」

アロンドラがこぼした苦笑は武者震いにも似ていた。

もしこの推測が真実なら、女神様はヒセラ様を止めるのを望んでいるのかもしれない。

ひとまず図書室を後にした私たちは、寮に帰る道すがら、廊下の向こうにカミロの姿を見つけた。

友人と楽しそうに談笑する横顔を視界に捉えながら階段を下っていく。

図書室で得た女神と魔女の推測について伝えたいけど、友達と居るところを邪魔してまでする話ではない。エリアス様も含め、後で共有しておけば十分だろう。

「本当にいつもいるな、カミロ殿は。あれはいっそのこと、護衛を口実にして君のことを見ていたいだけなんじゃないのか？」

「ええ？　そんなまさか。申し訳なくなっちゃうくらい、心配性なだけよ」

アロンドラが苦笑気味に冗談を言うので、私は困り果てて首を横に振った。

近頃のカミロは凄い。

何が凄いって、ものすごくさりげなく、それなのに常に視界の端に居るのである。

婚約しているのがバレないようにとの配慮とはいえ、ここまで面倒をかけるくらいならいっそ発表してしまってもいいかもと思わされるくらい、とにかくいつも居る。

それはアロンドラと教室を移動するとき、食堂に向かうとき、寮に帰るとき。

カミロはエリアス様と談笑していたり、友人の男子生徒達とじゃれながらの通りすがりであったり、はたまた先生に付いて荷物持ちをしながら、とにかく一度は現れるのだ。

以前に教養の一環でスパイ小説を読んだ時、尾行は後ろからとは限らないと書いてあったのを思い出す。

竜騎士は要人警護なんかも仕事のうちだから、殺気を出さずに張り込みをする訓練を受けているんだろうけど、それにしたってやりすぎだ。白昼堂々ヒセラ様が仕掛けてくるわけないと思う。マルディーク部の助っ人だって頼まれているのに、練習時間は取れているのだろうか。

「魔女についての調べ物は仕方ないけど、すぐに寮に戻りましょ。アロンドラだって自分の研究があるだろうし」

「私は別に構わないがね。まあ、寮の自室が一番安全なのは確かだな」

心なしか面白そうなアロンドラを連れて、私は寄り道せずに寮へと戻った。

近頃はずっとこんな調子なのだ。アロンドラにも面倒をかけているから、何も無いようならそろそろ護衛を解いてもらうべきだと思うんだけど、なかなか許してもらえない。

エリアス様は無事に陛下に報告をして下さって、調査するとのお言葉を賜ったとの事だったから、結果が出る頃にはこの生活にも変化が訪れるのかしら。


ヒセラ様に特に動きはなく、更に二週間ほどが経《た》った週末。ついにカミロが参加するマルディーク部の練習試合当日がやってきた。

「アロンドラは本当に来ないの？」

「ああ、私は研究で忙しいのでね」

相変わらず書類や実験道具で溢《あふ》れたアロンドラの自室は、やっぱり部屋の主によく似合っている。

実験用の黒いワンピース姿は、ここ最近は見かけなかったものだ。一緒にカミロを応援できないのは残念だけど、アロンドラの研究を邪魔するつもりはない。

対する私は今日から衣替えをして冬の制服姿になった。十月になった現在、日中でも寒さを感じる日が増えてきている。日曜日ではあるけれど、校内で行われる練習試合なので、恐らくは皆制服を着てくるだろう。

「じゃあ、行ってくるわね。アロンドラは研究頑張って」

「ああ、ありがとう。レティシア、君は十分身辺に気を付けて、一人にはならないように」

「わかってるわ、大丈夫よ。心配性なんだから」

子供にでも言い聞かせるような言い回しに頬を膨らませると、アロンドラは楽しそうに、小さな苦笑をこぼした。

クルシタさんとルナとは寮の玄関で待ち合わせをしており、男子メンバーとは会場にて落ち合う予定だ。

カミロの試合が見られるなんて、少し前までは考えたこともなかったのにね。本当に楽しみだわ。

さて、アラーニャ学園とマンサネラ学園によるマルディーク部の練習試合は、数十年の伝統に彩られた一大イベントである。

毎年秋に催され、その場所は両校を交互に使用することになっているそうだ。今年はアラーニャ学園での開催ということで、運動場は関係者のみならず、マルディークファンや地元の人たちで賑《にぎ》わっていた。

さながらお祭り騒ぎの様相だ。いや、実際に屋台まで来ているのだから、観衆にとっては楽しいお祭りという認識なのだろう。

「うわあ、凄いですね！　こんなに賑やかだなんて、想像もしませんでした！」

「そうね、私も初めてだからびっくりしちゃった」

ルナは声を弾ませながら周囲を見渡している。

興奮した子犬のような仕草に頬を緩めた私の周りには、冬服に衣替えしたボランティア部の面々が勢揃《せいぞろ》いしていた。

まさかテレンシオまで来てくれるとは思わなかった。どうやら部長に引っ張られてきたみたいで、眠そうに欠伸《あくび》をしているけど。

「中々の人出だな！　一昨年の開催の時は観《み》に来《こ》なかったから、私もここまでとは知らなかった！」

「あらあ、マルティンもなのねえ。私もよお」

軽やかな笑みを浮かべる三年生の二人もどうやら初めてのことらしい。

本来なら興味のなかったイベントなのに、カミロのために来てくれたのね。何だか嬉しいな。

「ふあ……ねむ。皆さん、さっさと席の確保に行きません？　せっかく来たのに席が遠いんじゃ、退屈で寝る自信がある……」

テレンシオが気怠《けだる》そうに言った動機はさておき、確かに席の確保は最優先事項だ。

「そうね。屋台も気になるけど、まずは席を確保してからにしましょうか」

「賛成です！　早く行きましょう！」

気合も十分に頷き返すと、ルナがさっそく同意してくれた。クルシタさんだけはじっと屋台を見つめていたけど、ひとまず我慢してもらって歩き出すことにする。

屋台と沢山のお客さんで賑わう運動場を抜けて、すぐ隣のマルディーク競技場へ。

蔦《つた》の絡んだ壁は高く、歴史を刻んだ故の堅牢《けんろう》さを宿す。長い列を作る入場口からようやく中に入ると、そこには広大な空間が広がっていた。

さすが私立の名門校と言える立派な設備だ。綺麗な円形の競技場をぐるりと取り囲む観客席は、魔法の攻撃が当たらないように大きく嵩上《かさあ》げされている。数千の観客を収容できるであろう規模に見えたが、驚くべきことに前方席のほとんどが埋まりかけていた。

開始まで一時間以上ある今はまだ余裕があると思っていた私は、思わず驚嘆の声を上げた。

「本当にすごい人出ですね……！　ここまで人気のイベントだったなんて」

「そうねえ。カミロ君効果って凄いのねえ」

「え？　カミロ効果、ですか？」

全員で人の間を縫って歩きながらも、クルシタさんに言われて周囲を見渡してみる。するとアラーニャ学園応援グッズを手にした人達の中、制服を着た女の子が高い割合を占めていることに気付いた。彼女達《かのじょたち》は皆一様に頬を紅潮させ、横断幕やら鳴り物やらを手にしているようだ。そしてそのグッズに「カミロ様」とハート付きででかでかと書かれているのに気付いた私は、想像を上回る熱狂ぶりに卒倒しそうになった。

「うわー……ほんとだ。ミーハー女って、なんでこんなにうるさいわけ……」

テレンシオはこの会場内で一番テンションが低いに違いない。本当によく来てくれたなあと思いつつも、私は衝撃のあまりまともにものが考えられなくなっていた。

「す、凄すぎませんか、これ……？　カミロってこんなに人気なの？　というか、なんで退部した人が助っ人参加するのをみんな知ってるんです？」

私は今更のように恐怖を感じて、声が震えるのを止めることができなかった。

カミロが人気者なのは嬉しい。だけどこれ、私と婚約してるなんて知られたら、本気で暴動が起きるのでは。

「最近になってカミロ君がマルディーク部の練習に参加していたので、噂《うわさ》が広まったようだな。ただでさえ突然の退部はセンセーショナルに知れ渡っていたし、ボラ部に入部しているのがバレていないこと自体が奇跡のようなものだ！　はっはっは！」

部長がいつもの如《ごと》くからりと笑うと、ルナが慌てたように口元に人差し指を当てた。

「ぶ、部長、声が大きいですよ……！　カミロ先輩が入部を伏せてくださっているのは、女生徒がボラ部に押し寄せて迷惑をかけないようにっていう配慮なんですから！」

「む、そうだった。気をつけよう」

そういえばそんなことも言っていたっけ。カミロを追いかけたいあまりにやりたくもない部活に入ることとなんてあるのかな、なんて考えていたんだけど、完全に甘かったようだ。

これは知られたら間違いなく入部してくる。しかも百人単位で来る勢いだ。

「空いている席があったぞ。あそこでいいかな？」

部長がてきぱきと指を指したのは、中央からやや外れた位置の空席だった。

改めて全員で移動してその席に着いてみると、思ったよりもずっと見晴らしがいい場所だ。

「良い席ねえ。マルティンのお手柄だわあ」

「早めに出てきたのが功を奏したな！」

それぞれ安堵《あんど》して顔を見合わせていると、下った先にある一番前の席から華やいだ声が聞こえてきて、私は俄《にわ》かに声の方向へと視線を飛ばした。

「またカミロ様の試合が見られるだなんて、なんて楽しみなのかしら……！」

「そうですわね、ベアトリス様！」

「全力で応援しましょう、ベアトリス様！」

なんと私の前世での友人、ベアトリス様とルイシーナ様とメラニア様が、横断幕を手に堂々と陣取っているではないか。

こ、これは……！　すごく近いけど、できればバレたくない！

私は気配を消した。二名と三名に分かれて交代で席を立つことになったので、先輩方に先に行ってもらうことにする。

テレンシオはもともと屋台に興味がないみたいで、ルナに先に行くよう促していた。席に座った途端に眠そうに欠伸をする横顔に、私は思ったことを尋ねてみることにした。

「まさかテレンシオが来るなんてね。ケイゼン以外興味がないと思ってたけど」

「ああ、それはレティシアのおっしゃる通りだね。全然興味ないよ、正直」

今にも眠りそうに瞳を瞬きながら、テレンシオは人気《ひとけ》の無い競技場を眺めている。

それならどうして来たのかと聞き返すと、小さな苦笑が返ってきた。

「あいつ、なんか変な奴《やつ》だけど、良い奴だよね。活動中だって俺よりよっぽど真面目だろ」

「ええまあ、それはそう思うけど」

「そこは少しくらい否定しろよ。……前にさ、孤児院で助けてもらったんだ。俺は運動苦手だから、キャッチボールでへとへとになってたんだけど、そしたら子供達を引き受けてくれてさ。あの時は助かったな」

知らなかった。あの孤児院訪問の時、そんなことがあっただなんて。

「それで応援に来るなんて、テレンシオも義理堅いわね」

「よしてよ、ただの気まぐれだからさ」

テレンシオは照れた様子ながらも、ここに来た事を否定するつもりは無い様だった。

……そうね。カミロがそういう人だから、みんな応援に来てくれたのよね。

マルディーク部への助っ人を最初に断っていたのも、恐らくは自分の実力が上がり過ぎているからで、根っこの部分では人助けを良しとする性分の持ち主だからこそ竜騎士になったんだもの。

一度目の人生でいつも私のことを気にかけてくれた、優しい人。

前に女神と魔女の関係についての推測を共有して以来、カミロとはあまり話をしていない。婚約したと発表していないから、なかなか話す機会がないのだ。

この状況を望んだのは私自身だったはずなのに、近頃はやけに寂しいと思う。

だけど今日こそは大手を振ってカミロを応援できるから、本当に嬉しいわよね。

「ねえ悪いけど、俺は時間まで寝るから。始まったら起こしてよ」

「わかったわ。おやすみ、テレ……」

名前を言い終わる前に、テレンシオは寝息を立てていた。

なるほど。眠るつもりだったから、私を席の番人として引き留めたのね。

こんなに騒々しい場所で一秒で眠ってしまうとは、彼はやっぱり大物なのかもしれない。

アロンドラに一人になるなと言われていたので、屋台のリピートに向かうクルシタさんと一緒に見て回ることにした。

私たちはひとしきり見物して綿菓子を食べ、戻って来た頃には会場は超満員の様相を呈していた。高揚に満ちた騒《ざわ》めきの中、仲間達が待つ席へと戻る。

右隣では相変わらずテレンシオが眠り、左隣ではクルシタさんが屋台で買った山のような食べ物を抱え込んでいる。だいぶアクの強い集団に見えているだろうけど、観衆達は特に気にする様子もなく、選手達の登場を今か今かと待ち構えている。

本当にすごい熱気。名門校同士の対決とあって、みんな心から期待しているみたい。

「聞いたところによると、伝統の練習試合の戦績はアラーニャ学園が三十二勝、マンサネラ学園が三十三勝だそうだ。去年はカミロ君の活躍で勝利、今年アラーニャが勝てば五分五分になるということで、両校とも気合が入っているらしい」

「部長、詳しいんですね」

「予習はする主義だ。何事も楽しまねば損だからな！」

上品ながらも隙のない速さで大盛りのフライドポテトを食べ進めるクルシタさんを挟み、部長の解説がもたらされる。

すると部長の反対側に座ったルナが、思い出そうとするように首を傾《かし》げた。

「レギュラーは五人で、それぞれ一対一の団体戦なんでしたっけ？」

「ああ、そうだ。先に三勝した方が勝利のシンプルなルールだよ」

そうそう、ルール自体は単純なのよね。

制限時間は十五分。相手を降参もしくは気絶させるか、場外に弾《はじ》き出《だ》した方の勝ち。

個人戦だと延長があるけど、団体なら時間が来た時点で勝敗が決していなければ引き分けとなる。

内容としては剣と魔法の複合技で戦い、魔法はそれぞれの属性を一回ずつしか使うことができない。故に戦略が必要となり、更には剣も上手じゃないと、決して勝つことができないのだ。

カミロはどこのポジションなのかしら。一応助っ人だし、中堅か副将あたりかな？

その時、会場中から地鳴りのような歓声が沸き起こった。

物思いに耽《ふけ》っていた私は慌てて競技場に視線を滑らせる。対角線上に設けられたゲートから出て来たのは、両校の選手達だった。

マルディークのユニフォームは騎士服を模した素敵なデザインをしている。マンサネラ学園は黒色、アラーニャ学園は……赤だ。

――懐かしい。

ユニフォームに身を包んだカミロが登場すると、会場中に渦巻く歓声が温度を増した。

最高潮に盛り上がる中、私はただ一人、一度目の人生で臙脂《えんじ》色の騎士服を着ていたカミロの姿を思い出していた。

ああ、どうしよう。ちょっと泣きそうかも。

そういえば私、ずっと言いそびれていたんだわ。

処刑される直前、牢《ろう》まで来て助けようとしてくれてありがとうって。

何だか処刑された話は禁句のような気がして、見えない壁に阻まれるように、どうしても言葉にできなかった。

でも、次に話した時にはちゃんと伝えよう。

それこそ泣きそうなくらい嬉しかったって。今こうして、もう一度会えて本当に嬉しいって。

絶対に、笑顔で伝えなきゃ。

「ぎゃあああああカミロ様ああああ！　かっこいいいいいいいいいい！」

いや、ベアトリス様たち、泣いてる⁉　確かに一度目の人生の時もこんな感じだったわね！

でも正直ちょっと助かったかも。胸が苦しくて一杯になっていたけど、お陰で気が紛れたみたい。

あ、そういえばテレンシオは……まだ寝てる⁉　この大歓声で、いくらなんでも大物すぎるでしょう！

「起きて、テレンシオ！　もう始まるわよ！」

「んー……」

肩を摑《つか》んで揺さぶってみると、一応は目を開けてくれたみたいだ。良かった。

私は安堵のため息をついて、もう一度競技場に顔を向けた。すると整列して挨拶を交わした選手達が自陣に戻る中、カミロがじっとこちらを見つめているではないか。

……え？　私たちがいることを確認できる距離というか、密度じゃないと思うけど。

『さあ、アラーニャ学園はいきなりのスーパースターが登場だ！　昨年の個人戦全国覇者、先鋒《せんぽう》、カミロ・セルバンテス選手～！』

場内アナウンスが鳴り響くと、女生徒のみならず、老若男女の全てが大歓声を上げる。

うそ、カミロ、先鋒なの⁉

もう始まっちゃうなんて……！　やだ、心の準備が！

「うわあ！　カミロ先輩、先鋒ですって！」

「重要ポジションだな！」

「最初に勝って勢い付ける気ねえ」

クルシタさんに至ってはチュロスに手をつけ始めているのだが、みんなどうしてそんなに落ち着いているのだろうか。

一人で慌てている間にも、カミロとその対戦相手の選手が競技場の真ん中で向かい合う。この時ばかりは観客も静まりかえって、ひりつくような緊張感が場内を覆い尽くしていく。

お互いに目礼をして剣を抜くと、試合開始の鐘の音が響き渡った。

その瞬間、二人の選手は同時に魔法を発動させた。

今までも十分に凄かったのに、今度の歓声は今日一番のものだった。

魔法陣が放つ刹那の輝きと、地鳴りのような熱狂。全員が一応は椅子に座っているのが不思議なくらいに、とぐろを巻くような興奮が場内を満たしている。

どうなっちゃうんだろう。カミロ、頑張って……！

祈るように両手を胸の前で組んだ時のことだった。右肩にどっしりとした衝撃を感じて、私は引きずられるようにして視線を重みの正体へと向けた。

やはりというか、それはテレンシオだった。

寝てる。完全に寝てる。

さっきはあんなに良いこと言ってたのに、この人何しに来たの？　というか、これだけ盛り上がってるのにどうして寝られるのよ？

「ちょっと、テレンシオ！　起きて応援しましょうよ！　今良いところなんだから……！」

「うーん、眠い……なに……？」

「何じゃないわよお！　しっかりして、テレンシオ！」

う、お、重いいい！　華奢《きゃしゃ》に見えても男の子だわ。なんかこう、ずっしり重い！

とにかく直立させないと、二人してクルシタさんの食べ物の山に突っ込んでしまいそうだ。私はテレンシオの肩に腕を回して、何とか抱き起こそうとした。

異変はその瞬間に起きた。

地面を叩《たた》き割《わ》るような爆音が鳴り響いて、視界が白に塗りつぶされる。

思わず目を瞑《つぶ》るのと同時、流石にテレンシオも跳ね起きたのか、肩の重みが消える。何事かわからず身をすくませているうちに光は収まって、困惑する人々の姿も再び見えるようになったのだが、競技場の様子は一変していた。

カミロの周囲の地面が黒く焼け焦げている。競技について詳しくない私は何が起きたのか判断できなかったけど、アナウンスを担当する放送部は流石だった。

『おおっとセルバンテス選手、なんと雷魔法を暴発させてしまったーっ！　昨年度覇者に一体何が起きたのかぁ～！』

アナウンスの男子生徒の声は、落ち着きを無くして上擦っていた。

魔法の暴発なんてそうは起こらないことくらい、私だって知っている。マルディークファンの観客達は皆一様にどよめき、カミロファンの女の子たちは一斉に悲鳴を上げた。

カミロ、大丈夫なの……⁉

『暴発でこの威力、流石はセルバンテス選手と言ったところでしょうか！　いや、むしろこれが相手にぶつかっていたら大惨事か⁉　しかし貴重な雷魔法を無駄にしたのは手痛いミスです！』

そうよね、魔法は各属性の一回ずつしか使えないから貴重な手札なのに。

心配になった私がどうすることもできずにおろおろしていると、何故《なぜ》かいたく落ち着いた様子のカミロがまたしてもこちらを見つめていた。

いや、私のことは見ていない。遠くからでもわかる程に苛烈な視線が向かうのは、私の隣の――。

「……え。俺、なんで起き抜けから睨《にら》まれてんの？」

テレンシオが引《ひ》き攣《つ》った顔で言う。

ええっと、私もさっぱりわからない。カミロったら、本当にどうしちゃったの？

＊＊＊

——次にレティにもたれたら、どうなるかわかっているだろうな。

俺の視力は人並外れて良い。油断なくテレンシオを睨みつけていたら、自陣にいるニコラスが非難がましい叫び声を上げた。

「カミロおおおお！　魔法の暴発って、お前、あり得ないだろうがああ！　しっかり集中しろおおおお！」

用意された席から身を乗り出し、拳を振り上げて熱弁している。

何って、レティにもたれるなんて暴挙に出た居眠り小僧を叩き起こしてやったんだろ。あいつ本当に声がでかいな。

他の仲間達も立ち上がり、それぞれに声援を送ってくれているようだ。ただし彼らの声は観衆のざわめきに掻《か》き消《け》されたので、やっぱりニコラスの声量がおかしいのだろう。

「悪かった！　ちゃんとするから安心しろ！」

声を張り上げて言葉を返してやる。

「本当に頼むぞ、カミロおおおおお！」

うるさい。いや、悪いのは俺だと分かってはいるけどさ。ニコラスは大将なんだから、どっしり構えていれば良いんだよ。

俺はもう一度客席の様子を確認した。どうやらテレンシオはすっかり目を覚ましているし、レティも困惑しつつも見守ってくれているようだ。

隣に座っているのが気に食わないが、またあの野郎がレティにもたれたら魔法を使って起こしてやることにしよう。

剣を構え直して相手を正面から見据える。先程の雷魔法の威力を肌で感じたのだろう、彼は唖然《あぜん》として隙だらけになっていたのだが、俺が気迫を叩きつけたのを受け止める胆力はあったようだ。

気を取り直したように剣を構えた立ち姿に心の中で礼を取る。わざと魔法を暴発させるだなんて、驚かせて申し訳ないことをしてしまった。

今年の全国大会には出場していないので知らない相手だが、マンサネラでレギュラーを務める実力は並のものではないはずだ。

つまり竜騎士時代の力を取り戻してしまった現在においても、ある程度の力は出してもいいということになる。

とにかくレティが心配だ。良いところを見せようとか、突然退部したことへのお詫《わ》びとか、そんなことはもうどうでもいい。早く終わらせて帰ろう。

俺は剣の柄を握りしめると、強く地面を蹴った。

同時に背後からの風魔法を発動させて、前へと進む推進力にする。

『セルバンテス選手、風魔法を発動しました！　いきなりの猛攻は吉と出るか！』

解説が何か言っているが、戦いが始まれば一つの雑音も聞こえなくなる。ただ目の前の敵の一挙手一投足だけに意識を集中する。

刃を落とした剣を使うのがルールでも、根底にあるのは命をかけた戦いだということ。急所に刃を当てられたら負けの真剣勝負、それがマルディークだ。

間合いに入った瞬間に首筋目掛けて剣戟《けんげき》を繰り出すと、相手選手のギリギリの対応によって弾かれた。高らかな金属音が鳴ったのと同時、退《さ》がることをせずに体勢を立て直す。

「くそっ、速すぎる……！」

相手は悪態をついたかと思うと大きく間合いを取って、巨大な火球を出現させた。

火魔法が得意であるが故に発動も速いのだろう。俺が移動に風魔法を使ったタイミングでの魔法攻撃は、敵ながら悪くない判断だと言える。

しかし風魔法じゃなくても防ぐ手段はいくらでもある。

前方に水の膜を張った瞬間、火球がぶつかって大量の水蒸気が噴出した。白く霞《かす》む視界の中でも方向感覚を失うことはない。

躊躇《ためら》いなく駆け出して相手へと肉薄する。そこでようやく俺の姿を捉えたらしく、驚愕に見開かれた瞳が見つめ返してくる。

俺は一切の躊躇《ちゅうちょ》もなく、相手の首筋へと剣を突きつけた。

水蒸気の中での一瞬の攻防の後、徐々に晴れていく視界の中、無意識に遮断していた会場のどよめきも耳に届き始める。

そうしてようやく俺たちの姿が客席から確認できたであろう瞬間、爆発的な歓声が巻き起こった。

『ここはスーパースターが圧倒的実力を示しました！　セルバンテス選手、先鋒戦に快勝だ～！』

相手が剣を下ろすのを待って、俺も剣を突きつけていた腕から力を抜く。さっぱりしたような苦笑を浮かべた彼と握手を交わせば、また歓声が大きくなった。

やっぱりマルディークは好きだ。

魔法が属性ごとに一度しか使えないため、経験と勘と度胸がものを言うところが面白い。

だけど実力差がありすぎると手加減をしなければならず、それが対戦相手への侮辱行為に値する以上、俺は竜騎士になるまで試合には出られない。

だから辞めざるを得なかった訳だが、さほどの未練は無いんだよな。

俺は観客席のある一点を見上げた。流石に手を振ることはできないけど、じっと眼鏡の奥の瞳を見つめれば、驚いたように揺れる黒いおさげ。

うん、やっぱりレティは危なっかしいし、何より一緒にいたいのだから仕方がない。

——カミロ、やったわね！　お疲れ様！

その時、レティの口元がそんな言葉を紡いだ様に見えて、俺は思わず目を見張った。

幻覚かと思ったけど、興奮のあまり立ち上がって喜びを表現するボランティア部の仲間に負けじと、レティもまた立って手を振っている。

会場中が同じような反応を示しているから目立つことは無い。そうは言っても婚約を公表しないことを喜んでいたくせに、そんなことをして良いのかよ。

ああ、まったく。本当にレティは俺を喜ばせるのが上手だ。

俺は全体に向けているように見せかけつつ、レティに向かって手を振った。

ボランティア部の周囲に座っていた女生徒たちが一斉に沸き立ったのは、もう耳にも視界にも入ってこない。

溢れるような幸福感を抱えたまま、俺は男泣きする勢いのニコラスたちが待つ自陣に戻るのだった。

＊＊＊

初戦はあっさりと勝敗が決した練習試合だけど、続く次鋒《じほう》からは手に汗握る激戦が続いた。

観客席はずっと興奮し通しで、私たちも必死に声援を送った。カミロも自陣からとても楽しそうに、声を上げて応援していたようだ。

最終的には大将戦までもつれ込み、十五分の制限時間ギリギリまで使った熱戦をニコラス様が制した瞬間、アラーニャ学園の勝利が決まったのである。

「いやあ、中々に見応えのある試合だったな！　駆け引きがあって面白い！」

熱気も冷めやらぬ中で出入り口に向かって歩き出した観客たちの中、部長の声もまた大きく弾んでいた。

ちなみにベアトリス様たち三人は、カミロがこちらに向かって手を振った瞬間に気絶して運び出された。大丈夫だったのかしら。

「そうねえ。みんな真剣に頑張っていたわねえ」

「中でもカミロ先輩ですよ！　あんなにあっさり勝っちゃうなんて、想像もしませんでした！」

クルシタさんのおっとりとした口調に、ルナが興奮気味に両手で握り拳を作って見せる。

そう、カミロの活躍は凄かった。最初の暴発が何だったのかと思うくらい、たった数十秒の攻防で試合を制してしまったのだから。

簡単そうに見えたけど、そんなことはないのよね。一度目の人生の記憶を取り戻したおかげで実力がついているとは言っても、あそこまで強くなったこと自体はカミロの努力の結果なんだもの。

格好よかったな。カミロの活躍がチームの勝利に貢献したのは間違いない様で、ニコラス様たちも心から讃《たた》えているみたいだったし、何だか凄すぎて勿体無《もったいな》いと思うくらい。

本当に辞めてしまって良かったのかしら。カミロはもっと沢山の人に望まれているのに。

「確かに凄かったよね……。はあ、久しぶりに大声出したら眠くなってきた」

「テレンシオ先輩は開始前からずっと眠そうだったじゃないですか」

あくび混じりのテレンシオに、ルナが呆《あき》れたようなため息をつく。

ほのぼのとした遣《や》り取《と》りに小さく微笑《ほほえ》んだ私は、ふと視線を流した先に珍しい人物を見つけて足を止めた。

競技場出入り口に差し掛かったあたり、綺麗な白髪にシルクハットを被《かぶ》ったあの後ろ姿は——。

「あら、レティシアちゃん、どうしたのお？」

クルシタさんがいち早く気付いて首を傾げる。釣られるようにして全員が足を止めたので、私は慌ててしまった。

「すみません。挨拶したい方がいらしたので、行ってきても良いですか？」

「ええ、もちろんよお」

私は先に帰って欲しい旨を伝えると、仲間の輪を離れてお目当ての人物へと近付いて行った。

「ベリス博士。大変ご無沙汰しております」

振り向いた顔は微《かす》かな驚きを示していたが、私の顔を覚えていてくれたのか、すぐに穏やかな笑みが浮かぶ。

「おお、君はレティシア嬢だね。春休みに遊びに来てくれた時以来かな」

シルクハットを上げて応える動作には、気さくな人柄が滲んでいた。

皺《しわ》の刻まれた顔は年相応の渋みがあって、白い口髭《くちひげ》は短く切《き》り揃《そろ》えられている。

世界的な研究者なのに全く偉ぶるところがないベリス博士は、孫のアロンドラにとって憧れの研究者そのものだと言うが、私から見ても尊敬すべき人物であることは間違いない。

「元気だったかね」

「はい、ベリス博士もお元気そうで何よりです」

「ははは、私は好きにやらせてもらっているから、身体《からだ》を悪くしようがないのだよ」

相変わらずの冗談に、私も思わず頬を緩める。

アロンドラと同じ喋《しゃべ》り方だし、顔立ちにもどこか面影があるような気がするのだけど、全く人見知りをしないところは正反対と言える。

「ベリス博士は練習試合の観戦にいらしたのですか？」

「ああ、実はマルディークファンでね」

「そうでしたか。何だか意外です」

「よく言われるよ。いやあ、期待以上の熱戦で素晴らしかった」

満足げなため息を吐いたベリス博士は、たしかこのアラーニャ学園の卒業生だったはず。激戦の上に勝ったのだから、きっとさぞ楽しめたに違いない。

「あとは孫の顔でも見ていこうかと思ってね。アロンドラはどうせ、せっかくの練習試合も見に来ていないのだろう」

「ふふ。アロンドラは自室で研究中ですよ」

流石に孫の性格をよくご存知だ。仲の良い二人に笑みを浮かべた私は、ふとベリス博士の表情が優れないことに気付いて首を傾げた。

「どうかなさったのですか？」

「……いや。少し、心配だったこともあってね。練習試合のついでというよりは、むしろアロンドラの様子を見に来たのだよ」

アロンドラのことが心配だった？

私は話の流れが摑めずに困惑した。ベリス博士に過保護な印象はないし、アロンドラの好きなことをやればいいという姿勢だったはず。

それなのにわざわざ様子を窺いに来ただなんて。

一体何があったのかと心配になった私は、ベリス博士の次なる言葉に横っ面を張られたような衝撃を受けることになった。

「王太子殿下との婚約話が出て以来、どうにも元気がなくてね。……ああそうだ、アロンドラの近頃の様子はどうかな。レティシア嬢に迷惑をかけていなければいいのだが」

孫を想《おも》う気持ちに溢れた言葉に、私は相槌《あいづち》すらも打つことができなかった。

頭の中が真っ白になって何も考えられなくなる。

婚約って、何？　どういうこと？　ぜんぜん、わからない。

「王太子殿下と、アロンドラが、婚約……？　それは、本当ですか？」

「……知らなかったのかね？」

ゆっくりと眉を上げるベリス博士に、冗談ではないことを思い知る。

嘘《うそ》。そんな、嘘でしょう。

だって私、何も聞いてない。

文句の一つすら、言われていないのに……！

「そうか。君は孫の唯一の友人だから、てっきり……」

真っ青になって黙りこくった様子から答えを察したのか、ベリス博士が考え込むようにして言う。

思い返してみれば、近頃のアロンドラはどことなく考え込んでいることが多い様子だった。いつにも増して寝不足に見えたから尋ねてみても、するりとはぐらかされてしまって。

そうだわ、そもそも婚約自体あり得ない話とは言い切れない。

聡明で綺麗なアロンドラ。私という候補者が消え、家格と年齢と資質を基準にして絞り込んだ時、選定される可能性は低くないはずだった。ただ一つ社交界を苦手としているという点で、私に無意識の安心感をもたらしていたのだ。

でも、どうして。どうして、何も相談してくれなかったの。

いいえ、どうして気付いてあげられなかったの。

私のせいだ。私がアグスティン殿下との婚約を断ったから、そのせいでアロンドラにお鉢が回ってしまった。

それなのに何も言わず、ただヒセラ様の危険性だけ説いて、何とかしようとするなんて。

「アロンドラは嫌がっていたのでは……⁉」

「ああ、そうだね。研究ができなくなるなんて冗談じゃないと言っていたが、我が家の家格では断れない。だから候補者から自然と外れることを期待して、大人しくすることにした様だったのだが」

ベリス博士はそこで言葉を切った。

目を逸《そ》らして言《い》い淀《よど》んだ末、重い溜息《ためいき》と共に吐き出されたのは。

「あの子の性格上、何か無茶をするような気がしてね」

私は鋭く息を呑んだ。

寮の自室を研究室に改造してしまったアロンドラ。一般教養の勉強を最低限にしてまで研究に打ち込む小さな背中。

研究のためなら何でもする子。だけど本当は、優しい子。

私に何も言わなかったのは、多分。

「言えなかったんだわ……私が、気に病むと思って」

ヒセラ様に狙われる可能性が高いのは、現在の婚約者候補だ。

それが誰なのかという話題になった時、アロンドラは自分がそうなのだとは申し出なかった。

むしろ私を護衛するべきだという話になって、いつも一緒にいてくれたのはどうして？

「レティシア嬢？」

ベリス博士が心配そうに名前を呼ぶ声が、右から左へと通り抜けていく。

私の一番の親友は、一体何をしようとしているのだろう。

確実に言えるのは、きっと一人で解決しようと考えたのだということ。ヒセラ様を調査しようと言い出したのも、きっと何か考えがあってのことだったはず。

もしヒセラ様が、アロンドラが婚約者候補になったと知ったらどうするのか。

そして今、あの子は一人で寮に――。

「私、寮に戻ります！　ベリス博士もいらして下さい！」

「君、何を……!?」

観客の波はだいぶ小さくなっていた。私はベリス博士の制止を振り切って、全速力で走り出したのだった。

# 第三章　友の覚悟

私は友達がいない。

それについて悩んだことは特に無かった。両親とお祖父様はいつも心配していたが、魔法学の研究ができるならそれで良かった。

しかし私のこの姿勢が、周囲に煙たがられる様になったのはいつのことだっただろう。

「君はベリス博士の孫なんだろ？　こんなグループワークくらい、君が研究結果を適当にまとめてくれたらすぐ終わるじゃないか」

「ああ、それ名案だな」

「そうよねえ。アロンドラ様、お願いできるかしら？」

魔法学のグループワークが始まり、私を含めて五人の生徒が同じテーブルに着いている。

同じ班になった生徒たちは運のないことにやる気がなくて、初回から全部私に押し付けようとする有様《ありさま》だ。

「君たちはもう少し物事をよく考えるべきではないか」

だから思ったことをそのまま言った。すると軽薄な見た目をした男子生徒が、剣呑《けんのん》に眉を顰《ひそ》めて見せる。

「……何だって？」

「私の研究は新一年生が扱うようなものではない。ずるしたことを大声で宣伝する結果になっても良いなら、私がまとめて差し上げるがね」

正直その方が早いし、別に構わないが。

すると彼は不服そうな唸《うな》り声をあげた。どうやら私の言い分が正しいことを理解して、仕事を押し付けるのを諦めたらしい。

「はっ、学園きっての天才様は余裕だね。だけどそうやって周囲を見下すのはやめたほうがいいと思うけどな」

そして心に深々と突き刺さるような言葉を投げつけてくる。

別に見下したつもりはない。私はただ、人付き合いというものが苦手なだけ。

どうせ理解されないし、されたいとも思わない。ただこうして誤解されるのは、何度も繰り返してきたこととはいえ慣れるものではなかった。

私はテーブルの下で両の拳を握りしめる。澄み渡るような声が聞こえてきたのは、その時のことだった。

「まずは落ち着きましょう。これはグループワークなのですから、いかに協力できるかというところも評価の内ですよ」

一瞬誰が喋《しゃべ》ったのか分からなかった。全員が視線を彷徨《さまよ》わせて、最終的に一人の女生徒に行き着く。

黒髪をおさげにして、目の色が確認できないほどの瓶底眼鏡をかけた女の子。今まではあまり喋らなかったはずだが、発言してみればやけに傾聴を促すような声をしている。

「デリオ様、皆さんも、魔法学が苦手なんですか？　もしそうなら私が皆さんの助けになりますので、アロンドラ様一人に押し付ける様なことはやめて頂けませんか」

先程から絡んできていた男子生徒はデリオという名前だったのか。いかんせんおさげの子の名前もわからない。

「べ、別に苦手ってわけじゃないけど。なあ？」

「ああ、得意でもないけどさ」

「え、ええ、できないわけじゃないわ」

おさげの女生徒は、何の嫌味もなくただ淡々と申し出ただけのようだ。

それでも苦手かと言われると頷《うなず》きたくないのがプライドの高い人間の心理であり、彼らはあっさりと否定に走った。

「では協力していただけますよね。これはグループワークの授業ですもの」

「まあ、一応……」

デリオとやらが困惑気味に頷く。もしかするとあっさりと丸め込まれてしまった自分に驚いているのかもしれない。

「アロンドラ様、貴女《あなた》とご一緒できるなんて嬉《うれ》しいです。頑張りましょうね」

眼鏡に隠れた瞳は見えなくとも、彼女の口元が優しげな笑みを示している。

ああ、そうか。信じがたいことではあるが、この子は私を庇《かば》ってくれたのか。私は彼女の名前すら知らないというのに。

この時、私は生まれて初めて誰かに対して恥ずかしいと思った。

勉学における無知を恥じたことは何度もある。それでも人に対してそう思ったことは、今まで一度もなかったのだ。

「……すまないが、君の名前を聞いても良いだろうか」

申し訳ない気持ちを押し殺してやっとの思いで言うと、彼女はますます微笑《ほほえ》んだ。

「レティシア・ベニートです。よろしくね」


その後、話が合うことに気付いた私たちはよく喋る様になった。

レティシアは優しく聡明《そうめい》で、地味な見た目の割に明るい性格の持ち主だった。

「アロンドラはとっても良い子なのに、端的な物言いと人見知りが玉に瑕《きず》よね」

食堂にて昼食を取りながらずばずばと指摘してくる友人のことを、疎ましいと思う事はない。

むしろ新鮮で楽しかった。私のためを思って言ってくれているのがわかるから、嬉しかった。

「わざとやっているわけではないぞ」

「だから勿体無《もったいな》いのよ。だって、誤解されて……グループワークの時みたいに、変に突っかかってくる人もいるし」

憤りを押し殺すような低い声で言うレティシアの瞳は、眼鏡の奥に隠れてどんな色をしているのかわからない。

レティシアは部活にも入っているし、彼女しか友人のいない私とは根本的に違う。しかしレティシアには何故《なぜ》か人に対して壁を作るところがあった。

いや、壁と言うよりも、見えない線を引いていると言うべきか。一応私には普通に接してくれているようだったが、あまり目立たず人と関わらないことを心がけているように見えるのだ。

もしかすると彼女は何か大きなものを抱えているのかもしれない。

そんな疑惑が解消されたのは、私の部屋に遊びに来たレティシアが、二度目の人生を生きているのだと告白した時のことだった。

「……信じてくれる？」

眼鏡を取った顔を初めて見た。そうか、君の目は薔薇色《ばらいろ》だったんだな。

「信じる。辻褄《つじつま》が合うということもあるが、レティシアの言うことだから、信じる」

「アロンドラ……」

「面白い研究対象が現れたな。せいぜい協力してくれ」

にやりと笑って見せると、反対に目に涙を滲《にじ》ませたレティシアに抱きつかれてしまった。

母親にしがみつく子供のように言葉はなく、力の入った腕が震えていた。ぽんぽんと、優しく背中を叩《たた》いてやる。

時間を逆行した原理は一切不明であり、研究とは言っても解明するあてなどどこにもない。

それでも、私はただ良かったと思った。

一度目の人生でそんなにも辛《つら》い目に遭ったのなら、二度目の人生はせめて平穏でありますように。

王太子なんかに関わらなくていい。好きなことをしたらいい。

もう一度目の人生のことなんか忘れて、幸せになればいいんだ。

君は私のたった一人の友達。友達に幸せになってほしいと願うのは、当たり前のことだろう？


そして時は過ぎ、二年生の初夏のことだ。

「あ、あの、実はね。色々あって、カミロ・セルバンテス様と婚約することになったの……」

私の部屋を訪ねてきたレティシアが頬を染めて言う。

よくよく話を聞いてみると随分と状況が動いたことがわかった。しかしその内容よりも、私は婚約の一報に安堵《あんど》ばかりを覚えて密《ひそ》かにため息をついた。

ああ、良かった。レティシアのことを見てくれていた人が、ちゃんといたんだな。

カミロ殿は中々見る目がある。レティシアは私みたいな偏屈女を庇ってくれた。友達になってくれた。皆が知らないだけで、可愛《かわい》らしくて聡明で、本当に思いやりのある優しい子なんだ。

一度目の人生では自分のために尽くしたから、今回はもういいのだと言っていたレティシア。しかし本人の意思に反して、婚約が決まってからの彼女はずっと幸せそうだった。今までどこか自分を抑え込んでいたところがあったが、それも徐々に無くなってきたようだ。

本当に良かったと思う。クズ王太子なんか比べ物にならないほど、カミロ殿はレティシアを幸せにしてくれるはず。

だから言わない。

夏休みのうちに私が王太子殿下の婚約者候補になっていただなんて、優しいレティシアに言えるはずがない。

もし伝えたなら、きっと彼女は酷《ひど》く気に病んでしまうだろう。友達を命の危険に晒《さら》すくらいなら、命懸けの無茶さえするかもしれない。

それだけは絶対に駄目だ。自身の命がかかった問題だとしても、一人で何とかする必要がある。

考えた末、私はヒセラ嬢を利用することにした。

エリアス殿下曰《いわ》く、王太子とヒセラ嬢は今生ではあまり上手《うま》く行っていないらしい。つまりヒセラ嬢が一度目の人生でレティシアを利用していたことはほぼ間違いない。二度目の人生でも、きっと王太子の婚約者を利用しようとするはずだ。

婚約者候補の中で、学園にいるのはどうやら私だけ。せっかく身近にいるのにアグスティン殿下に興味が無さそうな私に業を煮やし、何か仕掛けてくるかもしれない。上手く防いで現行犯で拘束すれば、大問題に発展するだろう。

仮とはいえ婚約者の恋人に危害を加えられたとなれば、たとえ相手が王太子であっても破談に持ち込むことができる。

私はヒセラ嬢が魔女であることをカミロ殿とエリアス殿下にも知らしめて、レティシアを護衛するべき状況を作り上げた。

王太子殿下の婚約者が私であるという事実は伏せる。エリアス殿下も知らなかったことに安堵しつつ、レティシアに張り付いて日々を過ごす。

これでヒセラ嬢は私に手が出せない。

そう、レティシアを護衛する体で、実は自分こそが一人にならないようにしていたのだ。

そして今日、マルディーク部の練習試合のために寮も学校もガラ空きになったこの日。

ようやく迎え撃つ準備が整ったので、私はついに計画を実行に移すことにした。


よし、誰もいない。

ドアから顔だけ出して周囲を確認した私は、小さく頷いて自室を後にした。

大人気のマルディーク部のおかげで寮の人口は極限まで少なくなっている。ヒセラ嬢が仕掛けてくるのなら、今日ほど絶好の機会はないだろう。

意味もなく食堂に行ってコーヒーを飲み、談話室にて新聞を広げる。すると王室の公務の様子が掲載されていて、私は思わず眉を顰めた。

王太子妃《おうたいしひ》なんて冗談じゃない。なってしまえば最後、恐らくは殺されるというのもあるが、そもそも私はそんな重い立場が務まるような人間ではないのだ。

できることなら一生をかけて研究を続けていきたい。王室なんぞに嫁いだら、私の夢は粉微塵《こなみじん》に砕け散ってしまうだろう。

……それにしても、来ないな。今更恐れをなしたのか？　それとも、私の読み間違いか。

いや、ヒセラ嬢ほど強《したた》かな人間なら、きっと私を魔女の魔法を使ってどうにかしようとするはずだ。

勝手にアグスティン殿下を好きになり、良《い》いように暴走してくれたレティシアのような人材。ヒセラ嬢は喉から手が出るほど欲しいに違いない。

私は小さくため息をつくと、新聞を棚に戻して談話室を出た。仕方なく学校の方に行って、不審がられない程度にうろついてみることにする。

しかし校舎に入って少し歩いたところで、面倒な人物に見つかってしまった。

「やあ、アロンドラ嬢。奇遇だね」

「エリアス殿下……」

私と同じく制服を着たエリアス殿下は、いつものようにキラキラとした笑みを浮かべていた。

レティシアを除けば唯一私に話しかけてくる酔狂なお方。彼もまた優しい人だと言えるのかもしれないが、絡んでくる動機は気まぐれが一番なのだろう。

……苦手だ、本当に。

私はエリアス殿下が努力家であることを知っている。何でもそつなくこなして、それを鼻にかけるような性格だったなら、もっと邪険にあしらうことができたのに。

「休日なのに登校かい？　練習試合は見に行かなかったんだね」

「それは、貴方《あなた》もでは」

迷惑だと思っているのを隠す気も起きずに、私は反射的に言葉を返す。

するとエリアス殿下の笑みが輝きを増したように見えた。

「近頃君の様子がおかしいこともあって、何となく胸騒ぎがしてね」

……おいおい。勘がいいにも程があるのではないか。

これはまずい。エリアス殿下と一緒にいたのでは、ヒセラ嬢は仕掛けたくても仕掛けられなくなってしまう。

何と言って躱《かわ》せばいいんだ。今日はレティシアの助けは来ないというのに。

「私は至って普通ですが」

動揺のあまりサファイアブルーの目を見返すことができず、誤魔化すように歩き出した。

しかしエリアス殿下は私の態度に怒ることもなく、飄々《ひょうひょう》とした笑みのまま後を付いてくる。

「そうかな。何かに悩んでいるように見えるけど？」

「悩んでいません。患《わずら》ってもいません。問題ありません」

「ははっ、いい意味のないない尽くしだね」

これだけの冷たい対応にもめげないのか……！

どうすればいいんだ。事情を説明して一人にしてもらうしかないのか。

万事休すの心境に至った私だが、ふと視界に飛び込んできた赤いマークに天啓を得て、思わず足を止めた。

「アロンドラ嬢、どうしたんだい？」

不思議そうに首を傾《かし》げる無駄に整った顔を正面から見上げ、一息に述べてやる。

「私は今から花を摘んで参ります。まさか王子殿下ともあろうお方が、ドアの前で待つなどという下品な真似《まね》はなさいませんな」

エリアス殿下の目が点になったのを初めて見た。

私はガッツポーズを決めたいくらいの達成感を得て堂々と女子トイレに入った。ドアの閉まる音が響いた時、口の端に笑みが浮かぶのを止められなかった。

「……ふっ、残念だったな王子様。恨むなら自らの品のいい育ちを恨むがいい」

まったく、本当にいい迷惑だ。いつもいつも無意味に絡んできて、偏屈女を揶揄《からか》って。私が疲れ切っているのを見て楽しんでいるのだ、あの方は。

小さな窓を勢い良く開け放つ。精一杯背伸びをして外を覗《のぞ》き込《こ》むと、ちょうど校舎と校舎の間に面しており、どうやら通り抜けると中庭に辿《たど》り着《つ》く様だった。

飛行の魔法を使いやっとの思いで外へと脱出する。エリアス殿下と遭遇しなければ不要な苦労だったと思うと、何だかイラッとする。

そうして辿り着いた中庭にて、持っていた本を手にベンチに腰掛けることたった数分。開いた本に影が差したので顔を上げると、そこには目当ての人物が立っていた。

「ご機嫌よう、アロンドラ様。お一人だなんて珍しいですね」

こんなに苦労したと言うのに、決戦の時は何の前触れもなくやってくるものらしい。

ヒセラ嬢はいかにも清純そうな笑みを浮かべて、いつものように制服を着てそこにいた。

「ご機嫌よう、ヒセラ嬢。話すのは初めてだったかな」

「ええ、そうですね。今日は貴女に用があって声を掛けさせて頂いたんです」

「ほう。用とは」

問いかけると、さくらんぼのような唇が不気味な弧を描いた。

「アグスティン殿下の新しい婚約者候補さん。貴女にもっと頑張ってもらうには、どんな洗脳魔法がお似合いかしら」

「……洗脳魔法、かね」

「ええ。何がかかるかわからないから、全部順番にかけてあげるわ。その為《ため》にはまず、拘束しないとね」

しなやかな手が伸びてくるのと同時、ディープグリーンの瞳が黒く輝く。

そう、私はこの時を待っていたのだ。ヒセラ嬢が仕掛けてくる瞬間を。

だから当然対策をしてある。懐に武器は隠し持っているし、防御用の魔道具だって仕込んでおいた。

問題ない、私は一人でやれる。魔女なんて怖くも何ともない。

今度は私がレティシアを守るのだ。

「アロンドラっ！」

聴き慣れた声が耳朶《じだ》を打ったのは、懐に忍ばせた魔道具を取り出しかけた時のことだった。

何者が現れたのかを頭で理解するよりも早く、目の前を黒い三つ編みが横切った。ヒセラ嬢の姿が右に流れ、もつれるようにして中庭の芝生に倒れ込む。

それと同時にヒセラ嬢の魔法が暴発したらしく、破裂音が鼓膜を震わせた。

強かに背中を打ったものの、然程《さほど》の痛みは感じなかった。ヒビの入った眼鏡が落ちているのが見えて、私は慌てて地面に肘を突き、突進してきた人物の正体をその目に焼き付ける。

「レティシア……！」

レティシアは私を庇った姿勢のまま倒れ伏していた。酷い切り傷を負った腕を押さえ、弱々しい笑みを浮かべて。

＊＊＊

（これはもしかして、やっちゃった感じかなあ⁉）

私は今、中庭の芝生の上に倒れている。転がった衝撃で眼鏡も落ちたみたいで、アロンドラの青ざめた顔がよく見えた。

えっと、アロンドラが襲われていると思って何も考えずに飛び出しちゃったわけだけど、これ、完全にいらないお世話だったわよね？

だってアロンドラ、懐からロープ状の怪しげな魔道具を取り出してるし、完全に囮《おとり》になってヒセラ様を拘束しようとしていたってことよね⁉

「レ、レティシア、大丈夫か⁉　レティシアっ……！」

アロンドラはすっかり顔面蒼白《そうはく》になって、私を呼ぶ声を震わせていた。ああ、心配かけて申し訳ないし居《い》た堪《たま》れない。

正直言って腕は痛いけど、それよりも無闇に乱入していらない怪我《けが》をした事実が恥ずかし過ぎる。

「平気平気！　多分、見た目より全然大丈夫だから！」

「馬鹿、大丈夫なわけがあるか！　何で飛び出してきたんだ、魔法の暴発が怖いことくらい知っているだろう！」

大丈夫かと聞かれたから大丈夫だと言っただけなのに、頭から怒鳴りつけられてしまった。この友人がこんなに感情を露《あら》わにするところを初めて見たような気がする。

「ご……ごめんなさい……」

思わず謝ると、一番の親友はくしゃりと顔を歪《ゆが》めた。あり得ないことではあるけれど、もう少しで泣いてしまうのでは無いかと思った。

アロンドラは恐らく一人で全てを背負い込み、私のことを守ろうとしてくれたのだ。彼女がアグスティン殿下の婚約者候補になってしまったのは私のせいなのに。

「あの、アロンドラ、ごめ」

「知るか！　いいから腕を出せ！」

最後まで言い終わらないうちにまた怒られてしまった。ものすごい剣幕なのだけど、いつもの冷静なアロンドラを思い出すと、少しだけ可笑《おか》しい。

しかしアロンドラが制服のリボンを解いて傷口を縛る間、聞こえてきたのは可愛らしくも呆《あき》れたような声だった。

「あーあ、痛そう。一度目の時もお馬鹿さんだったけど、二度目でも変わらないんだ？」

その言葉に込められた意味に心臓が止まりそうになった。ゆっくりと顔を上げると、ヒセラ様はいつもの透明感ある笑顔を捨て去って、全てを見下すように微笑んでいた。

彼女が今述べたことは、一度目の人生の記憶を持っていると白状したことに他ならない。

「ねえ、黒薔薇さん。あなた、一度目の人生の記憶を持っているんでしょ？　時が遡った原因とか、他にも情報があるなら教えて欲しいなあ」

「……何を、言って」

「アグスティン様の婚約者じゃない貴女に用はなかったんだけど、こうなったらしょうがないわ。ここでの記憶を消す前に、聞いておいた方がいいかなって」

記憶を消す？　魔女の魔法はそんなことまで可能なの？

アロンドラに目配せをすると苦々しげな頷きが返ってきた。どうやらヒセラ様の言うことは本当らしい。

「ねえ、教えてよ。素直に教えてくれるなら、私だって酷いことしないからさ」

ヒセラ様の瞳が黒く染まる。アロンドラは張り詰めた空気の中でも魔道具を使おうと動き出していたけど、私はなす術もなく細い指先が眼前に迫るのを見つめていることしかできなかった。

だから私たちに向かって走る足音が近づいてきたことにも、まったく気が付かなかったのだ。

最初は赤い影にしか見えなかった。それは目にも止まらぬ速さでヒセラ様の背後に現れると、輝く銀色を一閃《いっせん》させた。

しかしヒセラ様は背後に防御魔法を発動させていたので、初手の剣戟《けんげき》は高らかな破裂音を奏でるだけに終わる。一撃で防御魔法を破壊してしまったのだから、私とアロンドラはこぼれ落ちそうなほどに目を見開いた。

ヒセラ様は私たちへ魔法を使うことも忘れて背後を振り返り、突然の乱入者の姿を認めて驚愕《きょうがく》したみたいだった。

「あ、あんたは……！　カミロ・セルバンテス！」

驚きすぎて唖然《あぜん》としている私をよそに、カミロは少しも表情を動かさなかった。

未《いま》だにマルディーク部の衣装を着たまま、手には試合用の剣を携えているところを見ると、先程の攻撃はこの剣によるものだったのだろう。

それにしてもどうしてカミロがここに。今頃はマルディーク部の仲間達《たち》と、打ち上げでもしているはずなのに。

「おい、お前。レティに一体何をしているんだ？」

「ひ……！」

地を這《は》うような声で問いかけられたヒセラ様は、真っ青になって肩を震わせた。

カミロの纏《まと》う雰囲気は、その場に居るもの全てを地面に押しつけるかのような圧に満ちていた。先程の試合で生き生きとした笑みを浮かべていたのがまるで嘘《うそ》のようだ。温度の感じられない無表情の中、目の前の敵を睨《にら》みつける瞳だけが暗い光を帯びている。

「カミロ……？」

思わず名前を呼んだけれど、カミロが放つ寒々とした殺気に当てられて、私の声もまた震えていた。アロンドラもすっかり青ざめて言葉を失っているようだ。

カミロがようやく私の方を見る。目を合わせたことで安堵したのか、少しだけ緩みかけた表情が、青いリボンから滲み出る血の色を見つけた瞬間に一変した。

恐らくは最低限の状況を把握したのだろう。両肩から噴出する殺気が膨れ上がり、若草色の瞳が底知れない怒りを宿してヒセラ様を見据えた。

まずい状況だと肌で感じ取っていたのに、私は何一つとして止める言葉を口にすることができなかった。

だってカミロのこんな表情は見たことがない。いつも優しい彼の激情は、直接向けられたわけでもないのに痛いほどだったから。

「消えろ」

燃える瞳と反比例するように、冷え切った声。

カミロが剣を持った腕を振り上げる。試合用の刃を引いた剣とは言え、無防備な女の子が相手ではひとたまりもないはずなのに。

ヒセラ様はすっかり震え上がって動かないままで、不思議と全ての動きがゆっくりとして見えた。

（駄目……！）

状況に付いていくことはできなくとも、私は心の中で叫んでいた。

駄目、止めないと。私の足、動いてよ。動いて……！

「馬鹿、カミロっ！」

それは刹那の出来事だった。決死の覚悟を帯びた声が響くのと同時、カミロに何者かが体当たりをしたのだ。

輝くプラチナブロンドがエリアス様のものだと気付いた頃には、友人同士の二人は地面に転がっていた。

それでも全身で倒れ伏すようなことはなく、座り込んだ姿勢のまま、エリアス様がカミロの肩を鷲摑《わしづか》みにする。

「この馬鹿、正気に戻れ！　そんなことしたらこの子は死ぬぞ！」

必死の形相のエリアス様がカミロを怒鳴りつける傍ら、ヒセラ様がぺたりと地面に座り込む。緊張の糸が切れたのか、細い背中にはもう少しの覇気も宿っていない。

そういえばエリアス様は腕っ節が強いって、いつかカミロが言っていたっけ。竜騎士を止められるって相当凄《すご》いのでは。

「とにかく落ち着け！　くだらない罪を背負うな！　レティシア嬢と生きるんだろ……⁉」

その言葉は、どうやらカミロにとって最も重い一打になったらしい。

瞳孔が徐々に小さくなってゆく。最後にゆっくりと息を吐き出したカミロは、脂汗の滲んだ顔でエリアス様と目を合わせた。

「エリアス……悪い、助かった」

「いいよ。寿命は十年くらい縮まったと思うけどね」

エリアス様が苦笑しつつ軽口を叩くので、カミロもようやく緊張を解いたようだった。

気が付いてみると、私達はいつしか全員が芝生の上に座り込んでいた。何だか珍妙な状況だけど、とりあえずは一件落着ってことで良いのかしら。

「レティ、大丈夫か⁉」

カミロが立ち上がり、私の側まで駆け寄ってきてもう一度しゃがみ込んだ。心配そうに覗き込んでくる顔はすっかり青ざめていて、多分私よりもよっぽど怪我人《けがにん》みたいだった。

カミロの肩の向こうでは、エリアス様がアロンドラの側に膝をついている。アロンドラは何だか気まずそうにしているけど、この反応はいつものこと、よね？

「カミロ、何でここに？」

「マルディーク部の打ち上げは断ったんだ。ボラ部のみんなには会えたんだけど、レティとは競技場で別れたって言うから、探してた」

そっか、そうだったのね。心配かけちゃったな。

しかも着替えもしないで、打ち上げにも参加せずに来てくれたのだ。私は私で必死にアロンドラを探していたわけだけど、カミロも同じようにしてくれたと思ったら、申し訳なくて胸が詰まった。

カミロが私の腕を取って、治癒魔法をかけ始める。

すごい。カミロったら、こんなことまでできちゃうのね。

私はようやく安堵のため息をついた。しかし落ち着きを取り戻し始めた頭の中で、たった今起きたことが再生される。

私は大きく脈打つ胸を押さえて、ふとアロンドラと目を合わせた。彼女もまた同じ違和感を得たようで、水色の瞳を揺らしている。

カミロが取った行動は、無抵抗の女の子を斬りつけるというもの。

刃を引いた剣とはいえ、エリアス様が間に合わなかったらどうなっていたのだろうか。

寸止めするつもりだったとか、そういうことなの？　ヒセラ様がこれ以上悪いことをしないように威嚇するつもりで……？

「よし、こんなところか。保健室でも診てもらおう」

「え、ええ、ありがとう。……ねえ、カミロ」

何を聞きたいのかも分からなかったけれど、有耶無耶《うやむや》にしてはいけない気がした。

私は考えも纏まらないまま口を開く。しかしその瞬間に聞こえてきたのは、甲高い笑い声だった。

「ふふ、うふふふっ！　あはははは……！」

ヒセラ様は芝生の上に座り込んだまま、この世で一番面白いものを見つけたみたいに笑っていた。

全員の困惑の視線が魔女へと集中する。

彼女の悪行は表沙汰になってもう誤魔化しようがない状況の筈《はず》だ。それなのに楽しそうに笑い転げる様は、滑稽というよりも不気味に映った。

「ふふ、あはは！　あんたって、本当に変わっていないのね！」

ヒセラ様は両目に滲んだ涙を拭きつつ、諦念と怨嗟《えんさ》の入り混じった目でカミロを見据えた。いつも美しいディープグリーンは暗く澱《よど》んでいる。

「忠犬……いいえ、まるで狂犬だわ！　その女を傷つけられたら、頭飛んじゃうんだ？」

歌うようにヒセラ様が言う。その内容は主語が抜けていて、なかなか理解が追いつかない。

「ねえそうでしょ、カミロ・セルバンテス。一度目の人生で、復讐《ふくしゅう》のために私とアグスティン様を殺した後……やっぱりあんたも死んだの？」

その時、カミロは小さく息を呑《の》んだようだった。

エリアス様とアロンドラも無言で目を見開いている。言葉を失った一同の中で、ただヒセラ様だけが妖しく微笑んでいた。

その場にいる全ての者が言葉を失った。私が何も言えなかったのは、ヒセラ様の発言があまりにも理解を超えたものだったからだ。

カミロが、ヒセラ様とアグスティン殿下を、殺した？　一度目の人生で？

何それ。どういうこと？　殺した、って……。

そんな、はず。

——そんなはず、ないじゃない！

「嘘を言うのはやめて……」

絞り出した声が震えていた。あまりの怒りに周囲が見えなくなって、アロンドラが制止するのも構わずに、私はよろめきながらも立ち上がった。

「酷い嘘を言うのはやめて！　カミロが、そんなことするはずないじゃない！」

この怒りが一度目の人生の記憶があると認めることになるのも、全く気にならなかった。

カミロを貶《おとし》められたことが許せなかった。彼のことを守りたかった。

「誰が信じると思ったの？　カミロは、優しい人よ。誰にも侮辱なんてさせないわ！」

私が叫んだ言葉の全てが、彼をずたずたに傷付けているとも知らずに。

「それ以上変なこと言ったら、許さないから……！」

言い切った時にはすっかり息が上がっていた。誰かにこれほど怒ったのは、一度目の人生から数えても初めてだったと思う。

私の荒い息遣いだけが静かな中庭に溶けていった。アロンドラが慌てて立ち上がって怪我をしていない方の腕を引く。傷に響くからよせって言われたような気がしたけど、頭で理解するには及ばなくて、じっとヒセラ様を睨みつける。

私の様子に何を思ったのだろう。特に心を動かされた様子もなく微笑んだままのヒセラ様は、あろうことか小さく吹き出して見せた。

多分彼女は負けを認めていて、だからこそ容赦がなかった。

「あは、傑作。今回の人生では、いいお仲間ができて良かったわね？」

「いい加減に――」

「ああ、いいのいいの、押し問答するのめんどくさいから。ねえ、恋人のことを信じるのは勝手だけどさ……そいつの顔、見てみなさいよ」

言われてようやく、私はカミロすらも視界に入っていなかったことに気がついた。

顔を見てみろってどういうこと。その言葉の意味もわからないまま、私はすぐ隣、いつの間にか立ち上がっていたカミロを見上げる。

そこには、悪魔にでも出会ったみたいに真っ青になった顔があった。

私とまったく目を合わせてくれない。少し斜め下を向いたまま、陰になった若草色の瞳が泥のように濁っている。

「……カミロ？」

どうして。どうして、そんな顔をするの。

「どうしたの……？　もしかして、どこか、怪我、したとか」

ようやく絞り出した声は無様に掠《かす》れていた。

話しかけているのに、何一つとして反応が返ってこない。カミロはいつだって、私の話を笑顔で聞いてくれたはずなのに。

「あはは、本当傑作！　そんなにすぐ人を信じちゃって、ばっかみたい！　人間なんて、何にも信用なんかできな――」

「少し黙っていてくれるかな」

エリアス様が俊敏な動きを見せ、ヒセラ様の首に手刀を浴びせた。がくりと倒れて動かなくなった魔女の姿に何の感慨も抱くことができず、私はただカミロを見つめていた。

私はもしかして、とても愚かな思い違いをしていたのだろうか。

そういえば、あの時。ルナに記憶が戻らなかったことを受けて、初めて四人で会議をした時のことだ。

一度目の記憶について推測を重ねるうち、エリアス様がこんなことを言った。

『ねえカミロ。君のおかげで時間が遡ったってことは、君が記憶に関しての軸になっている可能性もあるよね』

それに対してアロンドラも頷いて、

『それは十分にあり得ますな。カミロ殿、何か心当たりはないのか？』

『そうだね。一度目の人生について、詳しく聞かせてくれると嬉しいんだけど』

興味津々の二人に対し、カミロは一瞬だけ気まずそうな顔をしたのだ。

その時の私は「恋人がいたからかな」と思った。だから私に対して申し訳なくて、そんな顔をしたんだろうって。

『……えっと、そうだな。別に、変わったことは何も起きていないよ。竜騎士として生きて、竜騎士として死んだ。それだけだ』

『ふうん。戦場で死んだのかい？』

『まあ、そんなところさ』

過去を語る苦笑が青ざめていたことに、多分みんな気付いていた。

だからなんとなくそれ以上踏み入ることができなかった。戦場での死を思い起こさせることもないと思ったし、カミロに一度目の人生から恋人がいなかったって知った後も、そのまま忘れていた。

それに何より、先程のカミロの行動。ヒセラ様に斬りかかった彼の目は、明らかに敵を屠《ほふ》る時の殺気を宿していた。

「カミロ……嘘よね……？」

私は今、どんな言葉を叫んだのだったか。

カミロがそんなことするはず無い、と。その行いが最低最悪であるという価値観そのままに、心の内をぶちまけた。

きっと嘘だ。どうか違うと言って。

いいえ、全部が夢だったのかも。

今この瞬間に時が遡ってほしい。

私は身勝手な願いを抱いて、若草色の瞳を必死で見つめる。

「ごめん、レティ」

返ってきた答えは、残酷だった。

足場が崩れて地に落ちていくような感覚がして、頭の中が真っ白になる。

「ヒセラ嬢の言ったことは本当だ。俺は復讐のために二人を殺して、その後すぐに近衛《このえ》騎士に討ち取られた」

アロンドラが小さく息を呑んで、エリアス様が視界の端で目を細めるのが見えた。

カミロは小さく微笑んでいた。まるで全部を諦めたように。

「レティが無事で良かった」

ねえカミロ。お願いだから、そんなに悲しそうに笑わないで。

叫び出したい気持ちがするのに、胸が絞り上げられたような痛みに苛《さいな》まれていて、私は何一つとして言葉にすることができなかった。これ以上何を言ってもカミロを傷付けてしまいそうで、何も言えなかった。

囁《ささや》くようなため息を落として、カミロがそっと背を向ける。

遠ざかる背中を呼び止める者はなく、私は座り込まないようにするだけで精一杯だった。

——カミロのことが知りたい。

そんな動機で、私はこの婚約を受け入れた。この数ヵ月で少しは彼のことを知れたのかなって、今の今までは思っていた。

なんて愚かな思い上がりだろう。

私は何も分かっていなかった。カミロがどれほどの想《おも》いで愛してると言ったのか、少しも理解していなかったのに。

「こらー！　君たち、何をしているんですかー！」

焦ったような声の主はリナ先生で、渡り廊下の向こうから猛然と走ってくるところだった。

私たちはそれでも動くことができなかった。重たい衝撃が支配した中庭で、リナ先生が到着するまでの間、ただその場に立ち尽くしていた。

# アグスティンの自覚

目を開けたらいきなり弟の顔が視界に飛び込んできたので、私は状況を摑《つか》めずに瞼《まぶた》を上下させた。

「兄上、目を覚まされたのですね」

エリアスが心配そうに眉を下げている。その背後に天井が見えているということは、どうやら私はどこかに寝かされているらしい。

何が起きているのかまったく解《わか》らないが、妙にすっきりとした気分だ。私はどうしてしまったのだろうか。

「エリアス、これは……何が……」

「ええ、ご説明します。起きられますか」

言われて体を起こしてみると、特にふらつくようなこともなく、むしろ今までよりよっぽど体が軽いような気がした。

居住まいを正してエリアスの方へと向き直る。すると弟の隣には見知らぬ女が腰掛けており、私は内心で訝《いぶか》しく思った。

「結論から申し上げますと、兄上は魔女、ヒセラ・エチェベリアに洗脳を受けていたのです。そこでこちらのカンデラリア殿にお越し頂き、洗脳を解いて頂いたのが今というわけです」

短い言葉の中にあまりにも大量の情報が詰め込まれていたので、私はまともに固まってしまった。

洗脳？　私が、ヒセラに？　意味がわからない。

それに、エリアスが示したこの女性は何者だ。

「わたくしは魔女であり、特殊研究員のカンデラリアと申します。お目にかかれて光栄ですわ、アグスティン殿下」

カンデラリアはゆったりとした礼をして見せた。

我が国では魔女を雇い入れ、共同で魔女の魔法を研究している。

その理由はもちろん魔女からの攻撃に備えるため。私も話には聞いていたが、実際に本物に会うのはこれが初めてだ。

「ご気分は如何《いかが》でしょうか」

カンデラリアがゆったりと微笑《ほほえ》む。歳《とし》は二十代前半くらいだろうか、菫色《すみれいろ》の髪と藍色の瞳を持った妖艶な雰囲気の女だ。特殊研究員と聞いたときは何となく老婆を想像していたのだが、随分と若い。

「ああ……問題は、ないが」

「それはよろしゅうございましたわ。ではもうひとつ、エチェベリア男爵令嬢に対してどんなお気持ちか、お教え頂けますか？」

未《いま》だに状況を消化しきれていない頭で、私は問われたことについて考えてみた。

……なんだ？　ヒセラと出会ってからの記憶がうまく思い出せない。日常の記憶はあるのに、ヒセラと過ごした時間だけに薄い膜がかかっている。

いや、だが私は、ヒセラと別れようとしたはずだ。もはや少しの想《おも》いもないのに、そのまま付き合いを続けていたのは何故《なぜ》だ？

「どうして恋人同士だったのか、よくわからない……」

「はい、ありがとうございます。これは完全に洗脳が解けたと見て間違いないでしょう」

カンデラリアの言葉にエリアスが安堵《あんど》のため息をついた。弟の表情には真実味があって、私の胸中に実感が染み渡っていく。

「本当に私はヒセラに洗脳されていたのか、カンデラリア」

「ええ、出会った瞬間からだったようですわ。魔法が未熟だったのですぐに解くことができましたが、長く続けば危ないところでした」

その台詞の内容の割に楽しそうに微笑むカンデラリアは、しばらくは安静にするようにとの指示を残して、悠然とした動作で部屋を出ていった。

兄弟だけが残された部屋に沈黙が降りる。

よく見ると室内は簡素な作りで、どうやら宿直室のような場所であることが察せられた。連れてこられた経緯も覚えていないが、この弟が大きな力になったことは間違いなさそうだ。

「エリアス、これはどういうことか。なぜお前がここにいる」

「はい。長い話になりますが、お聞き頂きましょう」

エリアスは順を追って説明してくれた。

ヒセラが魔女である疑いを抱き、三人の仲間たちと独自に調査していたこと。

その仲間にはカミロとレティシア、そしてベリス博士の孫娘であるアロンドラ・ベリスが含まれていたこと。

そしてヒセラがアロンドラ嬢を狙って大騒動が起こり、結果的にレティシアが怪我《けが》をしたこと。

ヒセラは拘束され、今は諸々《もろもろ》の後処理がひと段落していること。

たまたまベリス博士が学校に来ていたので、彼のツテでカンデラリアに飛んで来てもらったこと。

「あとは父上にも連絡させて頂きました。事が事ですし、何より父上にはヒセラ嬢についての調査を進言しておりましたので」

「そうか。……そう、だったのか」

私は低く呟《つぶや》いて、両の拳を固く握りしめた。

何ということだ。私はどれほどの無能を晒《さら》してしまったのだろう。

魔女にうつつを抜かし、周囲に迷惑をかけて、あろうことか全て他者に解決してもらうなど。

最悪だ。エリアスにも父上にも、合わせる顔がない。

「……ベニート侯爵令嬢が怪我をしたと言ったな。大丈夫だったのか」

「ええ、それについてはカミロが治癒魔法で治しましたので問題ありません。かなりの出血で心配しましたが、本当に良かったです」

「そうか、良かった……。だが、さぞかし怒っているだろうな」

するとエリアスは少し困ったような顔をしたが、すぐに微笑んで、言いにくそうに首を横に振った。

「いえ、気にしていないと思いますよ。それどころじゃないと言うべきかもしれませんが」

「それどころじゃないとは」

「ええまあ、何というか……カミロと喧嘩《けんか》のようなものをした、と言いますか……」

兄上の出る幕ではないので、この件が解決するまでは謝りに行ったりしないで下さいね。

エリアスはそう言って話を締めくくったのだが、一つの思考に囚《とら》われた私は弟の進言を見事に聞き流してしまった。

カミロとレティシアが喧嘩。やはりヒセラが起こした事件のせいなのだろうか。

私のせいなら一言謝りたい。そしてもし、二人が別れを選ぶと言うのなら——レティシアのことがどうにも気になるのだと、伝えることくらいは許されないだろうか。

「わかった、エリアス。面倒をかけた」

「はい、お大事になさってください。……ああ、そうそう」

エリアスは丸椅子から立ち上がったのだが、踵《きびす》を返《かえ》す前に何かを思い出したようだった。

そして弟の顔に笑みが浮かぶ。今まで見たこともない、他者を平伏《ひれふ》させるような圧力のある笑みが。

「まさかアロンドラ嬢と婚約を結んだりはしませんよね？」

「……は」

「こんな事件が起きたんです。アロンドラ嬢には、もう、関わりませんよね、兄上？」

一言ずつ確かめるように強調するエリアスを前に、私は無様にもごくりと喉を鳴らしてしまった。

絶対零度の覇気が細身の体から放たれていて、なかなか舌を動かす事ができない。

やっとの思いで頷《うなず》くと、弟はいつもの笑顔を取り戻したようだった。

「も、もちろんだ。アロンドラ嬢と婚約を結ぶことはない」

「良かった。そのお言葉、忘れないでくださいね」

エリアスが満足げに頷いて部屋を出て行った途端、私は再び寝台に倒れ込んでしまった。

……私の弟は、あんなにも恐ろしい男だっただろうか。

# 第四章　あなたが幸せなら

罪が白日の下に晒《さら》された犯罪者って、こういう心境なんだな。

外はすっかり暗くなっているが、自室の出窓に座ってどれくらいの時間が経《た》ったのだろう。どうやって帰って来たのかも思い出せない。

昼に軽く食べたきり何も食べていないのに、内臓が消え去ったのかと思うくらい食欲が湧いてこないのも不思議だ。

ふと見ればマルディークのユニフォームを着たまんま。いい加減にシャワーでも浴びて着替えるべきだと分かっているのに、どうしても体が動かない。

別れ際のレティの様子を思い出すと、全身が竦《すく》むようだ。

もともと白い肌が紙のように白くなって怖い程だった。一度目の人生で牢屋《ろうや》にいた時ですら、あんなに絶望したような表情はしていなかったはずなのに。

俺だ。俺が傷付けてしまった。

『カミロが、そんなことするはずないじゃない！』

あんなに信頼してくれていたのに。俺がレティを裏切って、傷付けたんだ。

きっともう二度と笑いかけてはもらえないだろう。あの愛おしい笑顔は見ることすら叶《かな》わない。

これからは彼女を守ることも、好きだと伝えることも、もうできなくなるのだ。

黒い渦の中に放り込まれたみたいだった。思考がまともに働かなくて、息苦しさだけが胸を突いた。

怖い。レティと再び会うのが、どうしようもなく怖い。

もしあの薔薇色《ばらいろ》の目が、侮蔑と恐怖に濁っていたら……俺は、正気でいられるだろうか。

「酷《ひど》い顔だね、カミロ」

誰も居ないはずの空間から声が発せられたので、本気で幻聴を聞いたのかと思った。しかしその正体は、正真正銘本物のエリアスだった。

「やあ。ノックしても返事がないから勝手に入らせて貰《もら》ったよ。鍵くらいかけた方がいいんじゃないかな」

エリアスは迷いのない動作でランプをつけた。微笑《ほほえ》む顔が灯《あか》りによって浮かび上がり、俺は後悔と困惑が胸の中で渦を巻くのを感じた。

「エリアス、お前……何で……」

「何でって、文句を言いに来たんだよ。君がさっさと帰ってしまったせいで、先生方に事情を説明するのが大変だった。どうしてくれるんだい」

恨みがましい台詞《せりふ》の割にエリアスの口調は軽やかだった。断りもなくベッドに腰掛けて、何気ない動作で足を組んで見せる。

嘘《うそ》みたいにいつも通りだ。まるで先程の出来事なんて、全部夢だったのかと思うほどに。

「いや、それは……その、悪かった」

「うん、いいよ。アロンドラ嬢も僕と同じ苦労をしたんだから、今度謝っておいてよね」

俺は思わず頷《うなず》いてしまったのだが、ようやく動き始めた思考回路のせいで、血の気が引いていくのを感じていた。

「お前、何でそんなに普通なんだ……!? 俺は、お前の……!」

――お前の兄上を、殺したんだぞ。

喉が鉛のようになって、言葉の続きが出てこない。

ヒセラ嬢の口から真実が飛び出た瞬間から、エリアスは戸惑いつつも、どこか悟ったような目をしていた。

そりゃそうだよな。レティが傷付けられたからって理性を飛ばすような奴《やつ》、何をやらかしていたって不思議じゃない。

「まあ確かに、君の容赦の無さにはちょっと引いたけど」

引いてたのかよ。笑顔で引いてたのかよ。

「僕の知り得ない一度目の人生での出来事、だしね。君は同じことが起きないように頑張っていたんだから、それで良《い》いんじゃないかな」

エリアスはいつでも落ち着いていて、公平で広い視野を持っている。俺とは正反対の凄《すご》い奴。

だけど、こんなのいくらなんでも寛大すぎるだろ。

俺は嘘をついてたんだ。それは何もアグスティンのことだけじゃない。わかるだろう？

「そんなに簡単に許すな。俺は……お前に、大事なことを黙っていた」

喋《しゃべ》るたびにカラカラになった喉が痛む。濁った目でエリアスのサファイアブルーを見返すと、穏やかな笑みがその顔に浮かんだ。

「恐らく、記憶が戻るためのもう一つの条件は『時間が遡った時点で死んでいること』だと思われる。……そうだろう？」

「……ああ」

エリアスの言う通りだ。最後の条件は「俺より先に死んだ者のみ」の可能性が最も高いと考えられる。

記憶が戻ったエリアスとヒセラ嬢、そして戻らなかったルナ嬢。一番わかりやすい相違点は、時間が遡った瞬間……つまり俺よりも先に死んだかそうじゃなかったかという点だ。

今のところ記憶が戻った人数が少なすぎて断言はできないけど、かなり信憑《しんぴょう》性の高い考察なのではないかと思う。

「本当に済まなかった。お前が手を貸してくれたのに、俺は不誠実だった」

四人で話し合った段階で、俺はその可能性に気付いていた。

でも、言えなかった。死んだ時期をみんなに伝えたら、どうしてそんなに早く死んだのかを追及されるに決まっているからだ。

俺は本当に、卑怯者《ひきょうもの》だ。

「アロンドラ嬢はね、一人でヒセラ嬢を捕まえようとしたんだってさ」

落ち込んでいるところを別の話題が始まったので、俺はゆっくりと顔を上げた。やっぱりエリアスはいつものように微笑んでいる。

「王太子妃《おうたいしひ》なんてごめんだけど、レティシア嬢には言いたくなかったんだって。それでヒセラ嬢と戦おうとしたところにレティシア嬢が飛び出してきて、怪我《けが》をしたってことみたいだよ。まったく、二人とも勇敢すぎるよね」

「そうだったのか……」

そういえばレティに真実を知られたことが衝撃的過ぎて、あんな状況に至った経緯は知らないままになっていたっけ。

二人とも凄いな。本当にお互いが大事なんだ。

「人間なんだから、誰だって言いたくないことの一つや二つあるものさ。僕にだって君に言っていないことくらい、いくつか思いつくしね」

悪戯《いたずら》っぽく笑うエリアス。この第二王子が裏で大変な努力をしているのは俺にとってはよく知った話だけど、まだまだ底が知れないようだ。

「嘘をつかない人間も、過ちを犯さない人間もいないよ。取り返しのつかない何かが起きたなら話は別だけど、幸いにして時が遡るという奇跡により、いくらでもやり直せる状況だ。許すか許さないかは第三者には関係ないし、本人同士が決めればいい。僕はそう思う」

当然のことを語っているかのような口調に、俺は知らず知らずのうちに込めていた肩の力を抜いた。

……ああ。本当に俺は、友人に恵まれたんだな。

文句を言いに来ただなんて言ってたけど、どう見たって心配して来てくれたんじゃないか。

「エリアス、ありがとう」

大きな男だなと、改めて思う。

今でこそ聡明《そうめい》で心優しい王子だと評判のエリアスだけど、昔はそうじゃなかった。

周囲の大人たちの評価と言えば、何でもできる長男と何をやらせても兄には敵《かな》わない次男、そんな感じだったな。

無責任な評判に俺はよく憤っていたけど、エリアスはいつも微笑んで、腐ったりせずに努力していた。寝る間も惜しんで勉強して、魔力が少ない代わりに体術と剣術に打ち込んだ。

魔法なしで手合わせすると、俺もちょいちょい負けるくらいだからな。本当に凄いんだ。

エリアスは他人に評価されない苦しさを知っている。だから誰にでも優しくなれるんだろう。

「それにレティシア嬢は、君を嫌いになったりはしていないと思う。落ち着いたら話してごらんよ」

とは言っても、この優しさは正直胸が痛いけど。

「無理だ。レティに拒絶されたら生きていけない……」

「君が言うと洒落《しゃれ》にならないんだけどね」

出窓の上で片膝を抱え込むと、呆《あき》れたようなため息が聞こえた。

＊＊＊

あの後、私はすぐに保健室に運び込まれた。

本当は状況を説明するべきなのに、エリアス様とアロンドラが任せて欲しいと言ってくれたので、二人に甘えることにした。

保健室の先生に診てもらったところ、傷は殆《ほとん》ど治っているとのこと。治癒魔法が使えるなんてすごいのねと感心されてしまい、私は苦笑を返すしかなかった。

軽い手当を終えたところでリナ先生が様子を見にやって来て、いくつか質問をされたくらいですぐに会話は終わった。学園を揺るがす大事件だからまた話をすることになるだろうけど、被害者という立場で認識されたのは間違いないようだ。

「大変でしたね。私が寮まで送りますから、しばらくはゆっくり休むと良いでしょう」

リナ先生は気遣わしげながらも、傷付いた生徒を元気付けるように微笑んでくれた。私が心ここに在らずになっている理由は知らないはずなのに、何か感じ取るものがあったのかもしれない。

先生と共に寮まで帰り着くと寮母のバルバラさんが出て来て、やっぱり部屋まで送ってくれた。笑顔でお礼を言ったつもりだけど、成功していたかは自信がない。

夜の帳《とばり》が下りた自室はひっそりとして、冷えた空気で部屋の主を迎えた。ランプを点《つ》ける気力もないまま眼鏡を外し、ベッドに座り込んだ私は、ふとベッドボードに置かれた緑色の塊に視線を奪われた。

クサカバのぬいぐるみは動物園の帰りにカミロがプレゼントしてくれたものだ。あの時の幸せな記憶が、今は酷く遠い。

私は平和な顔をしたぬいぐるみを腕の中に抱え込むと、全てを断ち切るように目を瞑《つぶ》って、ふわふわの生地に顔を埋めた。

「私、最低……」

くぐもった囁《ささや》きがクサカバの背中に吸い込まれてゆく。

カミロを傷付けてしまった。あんなに悲しそうな背中を呼び止めることができなかった。

でも、呼び止めたとして何を言うべきだったんだろう。

わからない。もう頭がぐちゃぐちゃで、胸が千切れそうなくらい痛くて、何も考えられない。

その時、小さなノックの音が鼓膜を打った。

私はのろのろと顔を上げて、ぬいぐるみを抱いたままという情けない格好で自室のドアを押し開ける。

そこにはアロンドラが立っていた。目を合わせるなり少しだけ眉を顰《ひそ》めた友人に、私は小さく笑った。

「ベリス博士に怒られたんでしょう?」

「言っている場合か。……まあ、こってり絞られたのは、確かだがね」

憮然《ぶぜん》としたアロンドラを招き入れて、勉強用の椅子に座ってもらう。私はランプを点けてから再度ベッドに腰掛けて、先程と同じくクサカバのぬいぐるみを胸に抱えた。

「レティシア、大丈夫かね」

何について問われたのかはすぐに分かった。

私は誤魔化すように微笑んで、小さく頷いて見せる。

「大丈夫よ。アロンドラ、色々とありがとう。迷惑かけてごめんね」

「……レティシア」

アロンドラは何かを堪えるように息を呑《の》んだ。

そして真《ま》っ直《す》ぐに頭を下げる。薄桃色の髪がぴょんと揺れたのを、私は呆《ほう》けたまま見つめていた。

「申し訳なかった。私が独断で動いたせいで、取り返しのつかないことになってしまった」

「え、ちょ、ちょっと、アロンドラ」

「何と謝れば良いのかわからないが、本当に、済まなかった……!」

アロンドラがあまりにも苦しそうな声で言うものだから、私はものすごく慌ててしまった。クサカバを傍《そば》に置き、頭を下げたままのアロンドラの前で意味もなく右往左往する。

「アロンドラは私のことを守ろうとしてくれたんでしょう？　何にも悪いことなんてしていないじゃない！　むしろ私が悪かったのよ。カミロのことだって、私がもっと向き合っていれば……」

向き合って、いれば。

……上手《うま》く行ったとでも言うつもりなの、私は。

向き合っていれば、カミロが抱えていたものに気付くことができたのだろうか。

向き合っていれば、話してもらうことができたのだろうか。

違う。だって私は今、自分でもわからなくなっているんだから。

「どうしよう、アロンドラ。私、カミロに、酷いことをしちゃった……」

アロンドラがゆっくりと顔を上げる。その表情が霞《かす》んでよく見えないのはどうしてだろうと考えて、ようやく自分が泣いていることに気付く。

私はもう一度ベッドに座って、クサカバをがむしゃらに抱きしめた。熱い雫《しずく》が目の縁から盛り上がってきて、次々と零《こぼ》れ落《お》ちては緑色の背中を濡《ぬ》らしていく。

「わ、私が、勝手に一人で、死んだりしたから。だから、カミロは。それなのに、私……カミロがそんなことするはずない、だなんて」

喋るごとに喉が痛んで、聞き取りにくいほどひきつれた声しか出ない。アロンドラだってこうして責任を感じているというのに、身勝手にも胸の内を打ち明けずにはいられなかった。

あの時のカミロは、どんな思いで私の言葉を聞いていたのだろう。

何て酷い。私はカミロのことを何にも解《わか》っていなかった。本当の意味で解ろうとしていなかった。

カミロが復讐《ふくしゅう》に走ったのは私のせい。これは思い上がりでも何でもなくて、ずっと周囲を顧みようとしなかった私が生んだ、一度目の人生最後の罪なのだ。

「私、今はこんなに、勉強しているのに。どうして、いつも馬鹿みたいなことをしてしまうの」

ぼろぼろと涙を溢《こぼ》しながら、抱えきれない懺悔《ざんげ》を口にする。

私は今、一度目の人生と同じ過ちを犯している。

親しい人の苦しみに気付くことができなかった。アロンドラのこともそうだし、エリアス様がいなかったら同じ悲劇が繰り返されるところだった。

これからもそうならないとは限らない。誰かと関わる限り、また同じようなことが起きるのかもしれない。

だからこそ、私はずっとガリ勉地味眼鏡になりたかった。

両親に迷惑をかけたくなかったから。もうこれ以上私の愚かさのせいで誰かを傷付けたくなかったから。

だから閉じこもった。壁を作って、距離を取って、やりたいことに没頭する日々は心地が良かった。

「私……もう、カミロと一緒にいない方が良いのかなぁ……？」

地味に慎《つつ》ましく、閉ざされた世界でひっそりと生きていけるのなら。

もしかすると、誰にとってもその方が――。

「レティシア、どうか聞いて欲しい」

理知的な声が聞こえてきたので顔を上げると、いつの間にかアロンドラが目の前にいた。どうやらコロのついた椅子で移動してきたらしい。

私は涙で重くなった睫毛《まつげ》を上下させた。ランプのオレンジ色の灯火の中、親友の瞳は真っ直ぐだった。

「私は、レティシアと出会えて幸せだったよ」

そうしてアロンドラは、小さな笑顔と共に、陽だまりのように優しい言葉をくれた。

「これも君がガリ勉になってくれなければ有り得なかった縁だ。今となっては不謹慎だが、時が遡ってくれて良かったと、心から思う」

……そうだわ。魔法学のグループワークで同じ班になったのは、勉強が楽しくなってきた私がアロンドラと話をしてみたくて、ひっそりと希望したからだったのよね。

一度目の人生での私達《わたしたち》は、クラスは同じでも殆ど話したことがなかった。アロンドラが私のことをどう思っていたのかはわからないけれど、私は彼女のことを優秀な子という印象でしか覚えていない。

「君が友達になってくれたから、この学園での生活は本当に楽しかった」

アロンドラが懐からハンカチを取り出して、私の顔をがしがしと拭く。

違うの、アロンドラ。私が、私こそが、貴女《あなた》が友達になってくれたから、楽しかったの。

「どうか人との出会いを否定するようなことを言わないでくれ。それとも、君は私からも離れて行きたいのかね？」

アロンドラと、離れる？

そんな、そんなの。

「離れたくないよぉ……！」

答えなんて考えるまでもなくて、私は子供みたいに泣いた。アロンドラがあまりにも優しいから、止まらなかった。

そうだ、私は何を言っているんだろう。親友にこんなことを言わせて、それこそ馬鹿みたいではないか。

私が全部手放せば解決するなんて、そんな考え方は間違っている。それでは私と関わろうとしてくれる人達を全部否定することになってしまう。

「アロンドラ、ごめんねええ！」

「構わない。レティシアは何も悪くないだろう」

無礼ついでにアロンドラの渡してくれたハンカチで遠慮なく涙を拭う。ぐしょぐしょになってしまったから、後で洗濯して返さないと。

何度もしゃくりあげて、深呼吸をしているうちに、だんだんと涙が収まってきた。

ようやく膜が消えた視界では、アロンドラがいつも通りの無表情でこちらを窺《うかが》っている。

「レティシア、君はどうしたい？」

そういえば、以前アロンドラが言っていた。

人生は自分のためにこそあるんだ、って。

誰かを傷つけないために壁を作ることが間違いなら、これから私は、私のために選ばなければならないのだ。

本当ならじっくりと考えるべきなのだろう。それなのに心の中には自然と答えが浮かんでくるのだから、私は笑って立ち上がるしかなかった。

せっかくの二度目の人生だもの。大切な人たちを守るのは一番大事なことだけど、私だって自分のために何かを望んでもいいんだ。

気合を入れるためにクサカバのほっぺを揉《も》んでベッドの上に置く。机の上に置いてあった眼鏡はヒビが入っていたけど、構わずに装着してアロンドラの方へと向き直ると、案の定心強い笑顔が返ってきた。

「私、行ってくる！」

「ああ、行っておいで」

今度こそカミロに全部、伝えに行こう。

今まで言えなかったこと、全部。全部全部、言ってみせる！

背中を押された私は部屋を出て走り出す。半開きになったドアの向こうでアロンドラが手を振る姿は、当然だけど目にすることができなかった。

「……頑張れ。レティシア」


衝動に突き動かされるようにして走り、人もまばらな寮の中を抜けて外へ。

どうやら夕食もそろそろ終わり掛けのようだ。外に人気《ひとけ》はないし、食堂から聞こえてくる喧騒《けんそう》も遠い。

まずは寮に行ってみよう。居なければ学校中を探せばいい。

男子寮は女子寮から学校を挟んで反対側にある。当然入居者以外は立ち入り禁止だけど、今回ばかりは無視をする。

いつもは意識しない距離でも走るとなると勝手が違った。あっという間に息は上がり、足に力が入らなくなってくる。

それでも最短距離を抜けて、そろそろ寮の門が見えてくるかというところで、私は予想外の出会いを果たしてしまった。

暗闇に革靴の足音が響く。黄金色の髪と、驚いたように見開かれたサファイアブルーの瞳。

すっかり暗くなった中、校舎入り口の外灯に照らし出されたのは、呆れるほどに見覚えのある人物だった。

「ベニート侯爵令嬢……」

えっと、何だかアグスティン殿下に声を掛けられたのですが、気のせいということにして通り過ぎても良いでしょうか……。

そういえば、リナ先生がおっしゃっていたっけなあ。アグスティン殿下の洗脳は解いてもらったようなので、心配いりませんよって。

それは良かったわよね。そもそもヒセラ様の正体を暴こうとしたのも、アグスティン殿下の洗脳を解くためだったわけだし。

(でも今は、会いたくなかったなー！)

私は半ば投げやりな気持ちになって、アグスティン殿下に向き直った。

今から男子寮に忍び込もうとしているので、アグスティン殿下が寮に向かおうとしている以上、なんとかしてやり過ごさなければならない。

「ご機嫌よう、殿下。良い夜ですね」

仕方がないので短い挨拶だけして通り過ぎることにする。

こうなったらこのまま校舎に入って、ぐるっと一周して戻って来るしかない。

「待ってくれ！」

計画を組み直していたところで後ろから声が掛かった。恐る恐る振り返ってみれば、アグスティン殿下が気まずそうな様子で視線を逸《そ》らす。

「その……怪我をしたと聞いた。大丈夫だったのか」

なんと、まさかアグスティン殿下に心配してもらえるとは思ってもみなかった。

歯切れが悪いのも珍しいし、一体どうなさったのかしら。洗脳されていた事実が相当堪えたってこと？

「……はい。ほとんど治っております」

「そうか、良かった。此度《こたび》は迷惑をかけて済まなかったな」

私はいよいよ仰天してしまい、はしたないと知りつつもあんぐりと口を開けた。

あのアグスティン殿下が、謝った？

嘘でしょう。自分が正しいと信じて疑わず、傲岸不遜が服を着て歩いているようなあのアグスティン殿下が⁉

「魔女の洗脳などというものが行われていたとは気付きもしなかった。今になって考えてみると、ヒセラのことは何とも思っていなかったというのに」

「は、はあ……。左様でございますか」

どうしよう、話が見えない。何故《なぜ》私はアグスティン殿下のご感想を聞かされているのだろうか。

「お前はどうだ。カミロと上手く行っているのか」

「へっ……⁉　私でございますか？」

今度は予想外の質問までぶつけられてしまった。本当に何の気まぐれなのだろう、これは。

今まさに上手く行っていないところだし、何と答えたものか。

私が逡巡《しゅんじゅん》したのがどう見えたのだろう。アグスティン殿下は一歩前に進み出ると、実に堂々とした態度でこんなことを宣《のたま》った。

「もしも上手く行っていないのなら、私のことを考えては貰えないだろうか」

……はい？

「どうにもお前のことが気にかかるのだ」

……何て？

「私では不服だろうか」

んんんんん？

私は頭の中で首を捻《ひね》った。

えっ何だろ……私、もしかして幻聴聞いちゃった？　疲れてるのかな。怖いなー。

いいえ、でも。アグスティン殿下はやっぱり堂々としたお顔をしていらっしゃるし。

じゃあ今の台詞は全部、現実のことなの？

（……何なの、この人。良い加減にしてよ）

この時、私はふつふつと怒りが湧き上がってくるのを感じた。

王太子殿下に対してここまで無礼な感情を抱くのは初めてのことだった。

だってそうでしょう。全然私のことを顧みなかったくせに、今更何なの。

アグスティン殿下に記憶が戻っていないことは知っている。だからこの怒りがとても的外れなのも、二度目の人生で人間関係が変わった以上はこういうことが起きても不思議じゃないってこともわかってる。

だけどヒセラ様の洗脳にかかったのだって、「お、可愛《かわい》い子じゃん？」って思ったからなんでしょう。

最初から私のこと、興味なかったんでしょう。

貴方《あなた》が洗脳されたせいで、今回だってどれほど大変なことになったと思っているのよ。本当に反省してる？

「やはり、顔がよく見えないな。眼鏡を外してはもらえないだろうか」

アグスティン殿下が微笑んで首を傾《かし》げる。断られるなんて微塵《みじん》も思っていない顔。そういえば、最初の時も眼鏡を外せって言っていたわね。

そっか。そんなに見たいなら、見せてあげたらいいんだわ。

思いついてしまえば簡単だった。私は眼鏡に手をかけて、ゆっくりと外していった。

露《あら》わになった薔薇色の眼差《まなざ》しでアグスティン殿下を正面から見つめる。一度目の人生の夫であり、それなのに誰よりも遠くにいた人。

誰もいない校舎前に夜風が吹き抜けて、二本のおさげが視界の端で揺れた。ヒビの入った眼鏡を取り払ったおかげで、外灯に映し出された顔が驚愕《きょうがく》に彩られていくのがよく見える。

「お、お前は、動物園の……！」

震える声が響いた。アグスティン殿下はまず動物園でのことを思い出してその表情に怒りを宿したものの、すぐに鋭く息を吸って、みるみるうちに青ざめていった。

「こ、これは。黒薔薇《くろばら》妃《ひ》、レティシア……？」

そう、思い出してください、アグスティン殿下。

私は貴方に殺された。ずっと貴方に振り向いて欲しくて、愚かな行いをし尽くした悪女。

私は一度目の過ちを背負って前に進む。

貴方は、どうするの？

「貴方を好きになることは今後絶対にあり得ない。貴方だって、珍しく寄ってこない女を見つけて面白がっているだけ」

私は瞳に決意を秘めたまま一歩を踏み出した。アグスティン殿下はよろめいてしまったのか、一歩二歩と後ずさりしたけど、構わずに大股で距離を詰めていく。

手を伸ばせば届く距離まで来たところで、私はぴたりと足を止めて青ざめたままの顔を見上げた。

全身に力が漲《みなぎ》っている。こうなればもう、やるべきことをやるだけだ。

「もっと自分のことを省みなさいよ、この……バカ王子!!」

こうして私は、アグスティン殿下の綺麗《きれい》なお顔に全力のビンタを見舞ったのである。

高らかな音が夜陰に反響した。身体《からだ》の芯を捉えた渾身《こんしん》の平手打ちであることは、音を聞くだけで直《す》ぐにわかった。

高揚感も達成感も、何もなかった。ただこの人に尽くそうとした一度目の私が、うたかたのように消えてゆく感覚だけがそこにはあった。

ビリビリと痺《しび》れる右手と、あまりのことに無言で頬を押さえて地面にへたり込むアグスティン殿下。その全てを意識の外に締め出して、私は勢いのままに駆け出した。眼鏡をポケットに収めたまま、掛け直すことも忘れていた。

カミロのところに行かなければならない。頭の中は何もまとまっていないけど、それでも行かなくちゃいけないのだ。

以前にエリアス様がカミロの部屋は二階の右から五番目だと言っていた。何でそんなことを教えてくださるのか聞くと、「忍んで会いに行ったりするだろう」って楽しげに笑うから、私は「そんなことしません」って怒ったんだっけ。

今こそエリアス様に感謝し、当時の発言を撤回しよう。

門番のいる入り口を避けて垣根の間を抜け、ようやく男子寮の真下へと辿《たど》り着《つ》いた私は、煉瓦《れんが》造りの男子寮を見上げて深呼吸した。

右から五番目……うん、灯りの点いたあの窓ね。

大丈夫、カミロに教えてもらったもの。この高さなら何とかなる。

呪文を唱えればふわりと体が浮き上がる。そのままゆっくりと高度を上げて、目的の場所に辿り着いた私は、躊躇《ちゅうちょ》なくカーテンに閉ざされた窓をノックした。

室内にあった人の気配が少しだけ止まるのを感じた。それでもすぐに窓へとやってきて、勢いよくカーテンが開かれる。

『レティ』

カミロの唇が、音もなく私の愛称を紡いだ。慌てた様子で鍵を外して、音を立てて両開きの窓を開け放つ。

ところがその頃には私の貧弱な魔力は枯渇し始めていて、がくりと体が傾くのだから、小さく悲鳴を上げてしまった。

「レティ、手を……！」

切羽詰まった声で名前を呼ばれた。伸びてきた腕を反射的に掴《つか》むと、問答無用の力強さで引っ張り上げられて、二人して部屋の中に倒れ込む。頭から雪崩《なだ》れ込《こ》んだはずなのに、不思議と少しの痛みも感じなかった。

顔を上げればカミロの丸くなった若草色の瞳が至近距離にあって、私は彼を下敷きにしているというとんでもない状況に気付く。

どこからどう見ても男が女に襲われている図だ。けれど、そんなことはどうでもよかった。

私は両手を床に突いて、未《いま》だに状況を把握しきれていないらしいカミロを真っ直ぐに見下ろした。

「レ……」

「カミロ！　一度目の人生の時、ずっと気にかけてくれたことも、私が牢《ろう》に入れられた時に助けに来てくれたことも、本当に嬉《うれ》しかった。ありがとう！」

私の勢いに圧倒されて、何かを言いかけていたカミロは思わず口を噤《つぐ》んだ。

入学式で彼を見つけてからずっと、言いたくても言えなかったこと。ようやく言えた。

「あと、私は、悪女なのっ……！」

そうして私は、とてもとても酷い理屈を並べ始める。

「悪女だから、私は私にとって都合のいい選択をするの。悪女だから、私の大切なもの以外は、どうなったって構わないの。だから、だからっ……！」

詰まるところ、私はガリ勉地味眼鏡になりきれなかった。

中途半端で愚かで、平和ボケしていて。大切な人が傷ついていると知ったら朝まで待てないような、ただの考え無しだった。

「カミロが一度目の人生で、誰を何人殺していようが、どうでもいい！」

そう、この人を守るためならば、最低だった一度目の私だって言い訳に使ってやる。

私は大きく息を吸って、床に突いた両手を握りしめ、ありったけの想《おも》いを吐き出した。

「そして絶対に、今度こそ生き抜いて見せる！　私はこの先、しぶとく長生きして……カミロが良い人生だったって言いながら死ぬように、見張っていてあげるんだから!!」

言い切ってしばらく、私は荒い息を整えるのに必死だった。

私のめちゃくちゃな言い分が部屋中に響き渡り、余韻までもが消え去るまでの間、カミロは白昼夢でも見たような顔で絶句していた。

……あれ。沈黙、長くない？

もしかして引かれた？　せめて何か言ってほしい。文句でも何でもいいからお願い！

心の中で祈った時、室内の静寂を裂くようにノックの音が響いた。

カミロはふと息を吐いて私の体をそっと起こし、ここで待っているようにと言い残して部屋を出て行った。

扉の外で何やら話し声が聞こえる。カミロはすぐに戻ってきて、私の前にあぐらをかいて座り込んだ。

「隣の奴だった。なんか騒がしいけど大丈夫かってさ。水晶玉での会話が盛り上がっただけだって言っておいたよ」

わ、わあ！　なにそれ、恥ずかしい！

なんだか急に正気に戻ってきたかも。夜に押しかけて一体何してるのかしら、私ったら。

頰に熱が集まるのを感じながらも謝罪をすると、カミロは良いんだと言って首を横に振った。

「でも、そうか。悪女か……」

その瞬間に彼がこぼした苦笑は、とても柔らかいものだった。

二人して床に座り込んで、誰が見ても珍妙な状況だと思うだろう。頭の片隅でそんなことを考えついたら何だか可笑《おか》しくなって、私もまた同じように笑った。

「最低でしょう。呆れた？」

「いいや。随分と健気《けなげ》で寛大な悪女が居たものだと思ってさ」

カミロは憑《つ》き物《もの》が落ちたような顔をしていた。未だにマルディーク部のユニフォームを着ているところを見るに、恐らくはあれから他の事が手につかないくらい悩んだのだろう。

「なあ、レティ」

若草色が私を射貫《いぬ》く。この目をしている時のカミロに誤魔化しが通用しないことを、私はよく知っている。

「本当に、一生側に居ていいのか」

何を言われるのか身構えていたのに、当たり前のことを聞くから拍子抜けしてしまった。

さっき言ったでしょって、言いたかったけど。カミロの眼差しが懇願の色を纏《まと》っていて、きっともう一度聞いて確かめたいんだろうと理解できてしまったから、私は気恥ずかしさを押し殺して口を開いた。

「当たり前じゃない。……け、結婚、するんでしょ」

ちょっとだけ口ごもってしまったのを照れているうちに、伸びてきた腕に引き寄せられていた。

突然のことに驚きはしたけれど、心地良さが勝るのだから不思議だった。力は強くとも縋《すが》り付《つ》くような儚《はかな》さを含んだ腕の中で、私はゆっくりと目を閉じる。

「レティ……レティ。今まで、嘘をついていて、ごめん」

濡れた囁きが落ちてきて、小さく首を横に振った。

謝るようなことじゃない。私はただ、貴方にずっと守られていたことを思い知っただけ。

広い背中に手を回してそっとさすってみれば、抱きしめる力がますます強くなった。

「泣かせて、ごめんな……！」

また首を振る。そういえば目が腫れたまま来てしまったけど、あっさり見抜かれていたのね。

本当によく見てくれているなと思い至れば何だか幸せな気分になって、私はそっと笑った。

「私ね。カミロが幸せなら、それでいいの」

そんなにおかしなことを言ったつもりはなかったのに、耳元で微《かす》かに息を呑む音が聞こえた。

婚約した時に初めに思ったこと。

もしも私に幻滅したら、婚約破棄してもらって構わない。カミロには絶対に幸せになって欲しいからって。

でもこの考え方は間違いだったみたいだ。

カミロはきっと婚約破棄なんて望まない。何より、私こそが構わないだなんてもう思えなくなってしまった。

だからこれからは、私が側に居てこの人のことを幸せにしよう。

「約束するわ。もう二度と、私はカミロを置いて行ったりしない」

伝えたいことを全部伝えた瞬間、腕の力が信じられないような強さになった。

流石《さすが》に苦しかったので背中を叩《たた》いて抗議したら、ごめんと言って解放してくれた。けれど見上げたカミロがあまりにも幸せそうに微笑みながら瞳を潤ませていたから、私も少し泣いてしまった。

それから、ぽつりぽつりと、一度目の人生の思い出話をした。

女子寮の門限が来るまでの短い間だったけれど、優しく幸福な時間を過ごすうちに、私達は涙を引っ込めて微笑み合うのだった。

第五章　後始末と約束の場所

深く沈み込んだ意識の中で、私は思い出す。

レティシア妃って、結局いつも愛されていたのよね。

そうだ、様々な手段を講じて王妃になった私は、レティシア妃がやらかした悪事の尻拭いをしてやることにしたのだ。

そうすれば貴族も平民も、私に対する好感度が際限なく上がるだろう。そう思ってのことだったんだけど……。

「ヒセラ妃も結構な浪費家らしいな。まったく、この国はどうなっているんだか」

「この間はキリア国王に失礼をしでかしたらしいじゃないか。その点、レティシア妃はご立派だったぞ」

「比べてしまうとマナーが少しばかり、なあ」

「今思えば、レティシア妃は佇《たたず》まいも美しかったな。不思議と気高さがあった」

「お人柄だって悪くなかったぞ。行き過ぎた暴走さえなければ……」

王城の廊下を歩いて聞こえてくるのは、私への陰口と「レティシア妃の方が良かった」ということについて。

何よ。何なのよ……！

あの女だって、侍女を流刑にしたりしてたじゃない。だから可哀想《かわいそう》だと思ってその子を呼び戻してあげたのに！

私は舌打ちでもしたいのを必死に堪えて自室に戻った。そこには件《くだん》の侍女、ルナ・パスクアルがいて、私の帰還を礼で迎えた。

小花柄の地味なドレスが似合う、ふわりとした赤毛の子。能天気そうな顔付きをしているけど、私の前で笑ったのは見たことがない。

「ルナ、今から着替えるわ。代わりのドレスを出してちょうだい」

「はい、王妃様」

ルナが出してきた夕食用のドレスに袖を通し、髪型も軽く直してもらう。すると髪に櫛《くし》がひっかかって、床に落ちる高い音が室内に響いた。

「も、申し訳ありません！」

ルナが慌てて櫛を拾って頭を下げる。何だか鈍臭いのよね、この子。

「失礼いたしました……！　すぐに代わりの櫛をご用意します！」

「別にその櫛でいいわよ。私は先妃様と違って、小さなことで怒ったりしないもの」

そう、私は些細《ささい》なことで怒ったりしない。自分の振る舞いがもたらす評判くらいちゃんと心得ている。

ほら、優しい主人で良かったわね？

にっこりと微笑《ほほえ》みかけてやると、しかし鏡に映ったルナは一瞬だけ瞠目《どうもく》した後、すぐに口元を引き締めて信じられないことを言い出した。

「先妃様は……お優しい方でしたよ」

「え」

私は無様にも裏返った声を上げてしまった。

何よこれ。口答えされてるの、私？

「あれは本当に私が悪かったんです。先妃様はいつも優しくしてくださっていて……それなのに、私が酷《ひど》いミスをしたから、あの時だけ取り乱してしまわれて。侍女が流刑になった事実だけが独り歩きして、悪い噂《うわさ》になっていることも知らず、私は、流刑先で能天気に過ごしていました」

ルナは唇に力を入れたようだった。ぎゅっと手の中の櫛を握り締めたのは、感情が溢《あふ》れ出《だ》すのを堪えようとしたのかもしれない。

「私が、先妃様の評判を下げる原因になってしまったんです。こんなことになる前に、力になって差し上げたかった……！」

ねえ、だから何なのよ、これ。

何で結局、あの女の評判を崩しきれないの？

これも私が王妃に相応《ふさわ》しくないってことなの？

こんなのってないわ。レティシア妃だってめちゃくちゃなことをしたんだから、王妃に相応しいわけないでしょうが。

私の方がよっぽど上手《うま》くやれるはずだったのに。

どうしてこんな話、聞かされなくちゃいけないのよ……！

*

怒りが頂点に達したところで目を覚ました。

勢いで上半身を起こしたところで、私はベッドの周りを囲む大人達《たち》の存在に気付く。

「お目覚めのようね」

妖艶な笑みを見せたのは、二十代前半と思《おぼ》しき菫色《すみれいろ》の髪の美女だった。

見たことがない女だ。その隣のおじいさんも知らないけど、反対側の二人には見覚えがある。

「ほう、丁度いいところだったな」

オクタビオ・バスコ・オルギン国王陛下じゃない！

このアグスティン様がそのままお歳《とし》を召したような見た目、間違いないわ。

嘘《うそ》でしょ、どうしてこんなところに？　いいえ、そもそも……ここはどこなの？

「動くな、魔女。くびり殺すぞ」

何か言おうと身を乗り出すと、もう一人見覚えのあった人物、ウーゴ・セルバンテス竜騎士団長が虎でも射殺せそうな目で凄《すご》んだ。

こ、怖……！　何が怖いって、この人も怖いけど、息子を思い出して怖い！

「よい、ウーゴ。話が進まぬからあまり怯《おび》えさせるな」

「兄上は甘すぎる。こいつは子供と言えど魔女で、アグスティン殿下を洗脳した政治犯だ。貴方《あなた》に何かあってからでは遅い」

ああー……なるほど。やっぱりもうバレちゃってるわけか。

となると、この部屋には魔法封じの結界が張られていると見て間違いない。宿直室みたいなところだと思うけど、学園内のどこにあるのかピンとこないな。

「陛下。恐れながら、発言の許可を頂きたく」

魔女の隣に立つ白髪の老人が静かに言う。正体を探るべく注意深い視線を送った私だけど、陛下の返答によってその努力は無駄に終わった。

「ベリス伯爵。許可する」

ベリス伯爵！　アロンドラ・ベリスの祖父、魔法学の権威！

「エチェベリア男爵令嬢、だったかな。君が孫に手を出した理由は何かね？」

優しそうな老人から放たれる怒りは想像以上に重かった。私はごくりと生唾を飲み込んで、慎重に話し始める。

「アグスティン殿下と婚約するって聞いて、悲しくて、嫉妬してしまって……」

嘘だ。別に嫉妬したわけじゃないし、利用したかっただけ。

ついでに言えば魔女の魔法を使ってアグスティン様の口を割らせたからこそ、婚約者候補の名前を知れたんだけど、それについて白状する必要はないだろう。

「ふむ。これ以上の思惑はないと？」

「は、はい。本当に申し訳ありませんでした。どうかしていたのです」

目を潤ませてベリス伯爵を見つめてみたけど、残念ながら表情が緩むことはなかった。

そんな。私の演技が通用しなかったのって、初めてかもしれない。

「さて、エチェベリア男爵令嬢よ。私からもお前に聞かねばならないことがある」

陛下が温度の無い瞳で私を見下ろしている。

人を従わせるのに慣れた声。一度目の人生での陛下はいつも私と距離を置いていたけれど、今日は距離どころか敵意が感じられる。

「とある筋から報告があり、お前の調査をしていたのだ。その調査結果によれば、エチェベリア家に引き取られる前、お前はよく一人の女と会っていたそうだな。その女が何者なのか、洗いざらい話してもらいたい」

それはもしかして、師匠のことを言っているのかしら。

師匠はすごくいい人だ。魔女の魔法は自分自身以外に使ったらダメだといつも言っていた。本性を見せずに言うことを聞くふりをしていたけれど、私が良い子だって最後まで信じていたような人だった。

誰にも顧みられなかった人生で、唯一損得抜きに接してくれた。その師匠が、どうしたって言うのよ。

「ただの近所のお姉さんです。良くして下さっていただけですけど」

「会って何をしていた」

「ご飯作ったり、おしゃべりしたり……そんな、ところです」

「だそうだが。カンデラリア、どう思う」

陛下に名を呼ばれたのは、最初に笑いかけてきた菫色の髪の女だった。

知らない名前だ。この場面で意見を求められるって、一体何者？

私の疑問を察したのか、カンデラリアはふとこちらを見てにっこりと微笑んだ。

「わたくしは魔女、カンデラリア。あなたが事件を起こしたので特別に呼ばれたの」

藍色の瞳が細くなると、何とも言えない色香が漂う。

……この人、本当に二十代？　いや、見た目はどう見ても若いんだけど、何だか貫禄《かんろく》というか、佇まいが不思議なほどに落ち着いているような。

「陛下、この娘は嘘を申しております。先程のベリス博士に対しての返答もそうですが、魔女の魔法をここまで扱うには必ず教師が必要になります。大方、恩義ある師匠を庇《かば》い立《だ》てしているのでしょう」

どこか楽しそうに、歌うように喋《しゃべ》るカンデラリアに、ベリス伯爵がため息を吐いた。どうやら知り合いのようだ。

「でも、残念だったわね」

カンデラリアはそう言って、底冷えを呼び起こすような笑みを浮かべた。

「それ、悪い魔女よ。あなたは利用されていたの」

「……は？」

「こんなにも人間的に未熟な者に、魔女の魔法を教える愚か者などいない。いたとするならばそれは、意図的に人の世が乱れるのを望む悪い魔女だけ」

何言ってるの、こいつ。

師匠に利用されてた？　そんなはず、ない。

だって師匠は、いつも優しかった。それに私と同じ魔女で、同じ生き辛《づら》さを抱えていて。

「その証拠に女性は行方が知れないそうよ。見捨てられちゃって、可哀想ね？」

だから信じた。人なんて利用するだけだと思っていた私が、師匠は魔女だったから、信じたんだ。

「いるのよ、無闇に人を憎んでいる危険分子が。その魔女もあなたの野心を敏感に感じ取ったんでしょう。……さて。陛下、わたくしから一つ提案がございます」

「何か」

「彼女はこのまま行くと死刑。ですがせっかくの悪い魔女の情報源ですし、殺してしまうのは惜しいと考えます。そこで、彼女をわたくしに引き取らせて頂けないでしょうか」

思いもよらない提案に、私は勢いよく顔を上げた。

どうやって死刑を切り抜けようかと思っていたけど、これはまたとない助け舟だ。

しかし黙して成り行きを見つめていたセルバンテス公爵が、ここで怒りの声を上げた。

「随分な特例措置を求めるものだな。何の権限があってそのようなことを申すのか、カンデラリア特殊研究員」

「権限の問題ではありません。わたくしは提案をすると申し上げたのです、王弟殿下。王族が洗脳されるという前代未聞の事態です。正式な罪で彼女を裁くとなれば、我が国が魔女の攻撃に対して脆弱《ぜいじゃく》であることを、国民ばかりか諸外国にまで晒《さら》すこととなりましょう」

カンデラリアは尚《なお》も歌うように言う。その内容があまりにも核心を突いているから、誰も否を唱えない。

確かに今回の件が公になれば、この国はあらゆる面で信頼を失うだろう。最悪の場合、その綻びを狙って戦争が起こる可能性もあるかもしれない。別にそこまでしたかったわけでは無いんだけど。

「ですからこの事件は、魔女の魔力が暴発しただけということにするのです。これよりはわたくしが責任を持って彼女を預かります。そして尋問によって情報を絞り出し、真人間になるまで人格矯正の実験台になって頂きましょう」

――え。

ちょっと待って、今なんて言った？

尋問、矯正、実験って言わなかった⁉　ねえ！

真っ青になる私をよそに、陛下は諦めたようなため息をついてるし！

「……情けない話だ。国の混乱を避けるためとはいえ、このような裏取引をしなければならないとはな」

「では、兄上」

「カンデラリアの提案を呑《の》もう。私は長男に説教をしなければならぬ故、あとは任せる」

男たち三人はそれぞれ覚悟を決めた顔をして、迷うことなく立ち上がった。まずは陛下が部屋を出て行って、その後にセルバンテス公爵が続く。

最後に残ったベリス伯爵が、呆《あき》れたようなため息を吐いた。

「まさかこんな提案をするとはな。本当に御し切れるのかね」

「大した練度もない魔女の一人や二人、問題ありませんよ。あんなに聡明《そうめい》でお可愛《かわい》らしいお孫さんが巻き込まれて、ベリス博士もさぞお怒りでしょう。ここはわたくしにお任せくださいませ」

ベリス伯爵は迷うような素振りを見せたが、最後に一瞬だけ私に視線を飛ばした。

その同情の視線は、いったい何……？

「さて、やっと静かになったわね」

二人きりになった空間にて、カンデラリアがベッド脇の丸椅子にゆったりと腰掛ける。

嘘でしょう。私、どうなるの。

魔女の尋問って悪い予感しかしないんだけど。こんなのもしかして、死んだ方がマシなんじゃないの。

私はぎぎぎと音がしそうな動作で顔を動かして、やっとの思いで魔女の美しい笑みを視界に収めた。多分だけど、今の私は史上最高に無様な表情をしていると思う。

そして反比例するように、カンデラリアは極上の笑みを浮かべて見せた。

「大丈夫よ、ヒセラ。死なないようにちゃあんと気を付けてあげるから」

嫌だ。私はこれからも強《したた》かに生きていくんだ。

誰かに利用されるなんてまっぴら。私は私の持つもの全部を使って、上を目指すべきなのに——。

藍色の瞳が黒く輝く。しなやかな手が伸びてくる恐怖に私は絶叫してしまったのだけど、その声は結界に阻まれて誰の耳にも届くことはなかったのだろう。

＊＊＊

カミロが寮まで送ってくれると言うので甘えることにして、二人で女子寮にたどり着いたのは門

限まであと少しという時間だった。

「じゃあカミロ、ありがと」

「ああ。おやすみ、レティ」

門のところで別れようとした時、玄関が騒がしいことに気付いた私たちは顔を見合わせた。そうこうしているうちに扉が開け放たれ、予想外の人物が飛び出してくる。

「レティ！　あなた、どこに行っていたの！」

叫びながらも走ってきて私を抱きしめたのは、他でもないお母様だった。

「お母様⁉　どうしてここに……！」

「リナ先生から連絡を頂いて、魔列車に乗って来たの！　もう、こんなことがあったんだから、当たり前でしょう……⁉」

泣きそうに顔を歪《ゆが》めるお母様の向こう、お父様も玄関から走り出てきた。

嘘、お父様まで？　毎日お忙しくなさっているはずなのに。

しかも背中には眠りについたサムエルをおんぶしているのだから、私は仰天するしかなかった。

「お父様、サム！」

「サムも付いてくるって聞かなくてね。我慢できずに眠ってしまったけど」

お父様は苦笑していたけど、その瞳には心の底からの心配が映っていた。

「レティ、心配したよ。傷は大丈夫なのかい？」

「お父様……はい、もう治っています」

思ったよりも元気そうな娘の姿に、両親共に安堵《あんど》を覚えたらしい。優しい顔でため息を吐いた二人と、サムの天使のような寝顔を見ていたら、私は一度目の人生から今までのことを振り返ってたまらない気持ちになった。

「お父様、お母様。それに、サムも。心配かけて、ごめんなさい……」

泣くのはずるいような気がして、喉に力を入れて衝動に耐える。

思えば一度目の時も二度目の今も、心配ばかりかけてきてしまった。私は両親のことが大好きなのに少しも恩を返せていなくて、自分のことばかりの最低な娘だ。

「レティが無事なら良《い》いんだよ。子供を心配するのは親の特権なのだから」

「そうよ。まずは元気で良かったわ」

それなのに、お父様もお母様もこんなに優しい。

カミロを見上げると、「良かったな」って顔をして笑っている。私は泣き笑いのような表情になって、両親に抱きついた。

そもそも誰とも結婚せずに生きていきたかったのは、両親を守るためだった。

その最大の目的は果たせたんだって、思ってもいいわよね。私だってお父様とお母様、そしてサムが無事ならそれでいい。ただそれだけで、今までの選択は全部報われるんだもの。

「カミロ。お前、大事な婚約者殿をこんな時間まで連れ回すとは、一体どういう了見だ」

一件落着したと思われたその時のこと、背後から地鳴りのような声が聞こえてきた。

隣にいたカミロがぎくりと肩を強《こわ》ばらせる。ゆっくりと振り返ると、そこにはまさかのセルバンテス公爵閣下が腕を組んで立っているのだから、私はカミロと一緒に声を上げてしまった。

「父上っ……⁉　なんでここに！」

「此度《こたび》の騒動は国王陛下も重く受け止めておられるのでな、竜でお連れした。ついでにお前の顔でも見ていくかと寮に寄ってみたら、いないと来たもんだ」

公爵閣下は笑っているのだけど、低い声が怒りの深さを物語っていた。竜騎士団長の圧力を受けて、流石《さすが》のカミロも顔を引《ひ》き攣《つ》らせている。

「お前は婚約者殿が大変な事件に巻き込まれたにも拘《かか》わらず、特に役に立つでもないばかりか、夜になるまで連れ回していたというわけか。まったく、大層な御身分だな？」

「ち、父上。これには事情があって」

「ほう、言い訳があるなら聞こうか」

駄目だ、カミロには言い訳なんてない。二人して外出していた理由を説明するには、時間の逆行から全て洗いざらい話す必要がある。

公爵閣下はカッと目を見開くと、息子の後頭部を鷲摑《わしづか》みにして強引に頭を下げさせるという強硬手段に出た。更にはご自分も同じだけ腰を折った上で。

「申し訳ない！　倅《せがれ》の愚行は私が責任を持って仕置きをする故、ここはどうか許してもらえないだろうか！」

王弟殿下に頭を下げさせるという事態に、私は軽く恐慌状態に陥った。

待って、この状況はあまりにも申し訳なさすぎる。だってカミロがこんな時間に出歩いているのは、全部私のせいなんだもの！

「公爵閣下、あの、どうかおやめください！　カミロはただ、会いに行った私を送ってくれただけですので……！」

「レティシア嬢、そうは行かない。怪我《けが》をした婚約者に無茶をさせるなど、男の風上にも置けない所業だ」

あ、駄目だわこれ。どうやらカミロの直情径行はお父様譲りみたい。納得いくまで止まる気配がない！

困り果てた私はお父様に助けを求めることにした。お父様は小さく頷《うなず》くと、政治家としての手腕を発揮するべく話し始めた。

「公爵閣下、恐らくは娘の行動が大きな要因かと思いますので。どうかその辺りで……」

しかしながら、私の安堵はすぐに覆される事になった。何故《なぜ》ならカミロが更に深く頭を下げて、大きく息を吸ったからだ。

「いいえ、ベニート侯爵様。この度は大切なお嬢様を守り切ることができず、まことに申し訳ありませんでした！」

今度はカミロが謝り始めた！　どうするのこれ、どうすれば収拾がつくの⁉

絶句する私とお父様の後ろでは、お母様がどこか面白そうにため息を吐いていた。

更にこの後はセルバンテス公爵閣下の後ろから国王陛下が現れ、アグスティン殿下についての謝罪を始めたことによって更に収拾がつかなくなるのだけど、この時の私は知る由もなかった。

＊＊＊

——ああ、良かった。

事の顚末《てんまつ》を確認した私は、そっと小さなため息を吐いた。

初めは興味本位だった。

神の世界からは人の世がよく見える。いつも魔法の研究ばっかりしている冴《さ》えない男がいるなと気付いた私は、何故だか彼と話してみたくなって、初めて地上に降り立った。

神というものは体が大きい。魔力を使って人間と同じ大きさになって、散歩中の男に話しかけてみる。

「私は時の女神、シーラ。あなたの時間を私にくださる？」

「……はあ？」

訝《いぶか》しげに首を傾《かし》げた男は、レオカディオ・ネメシオと名乗った。最初こそ頭のおかしい女に話しかけられたって調子だったけど、私達はすぐに打ち解けていった。

どうしてあんなにも、レオカディオと話す時間が楽しかったのか。

まだまだ未熟だった私は胸の中に生まれた感情の意味がわからなくて、何度も人間界へと降り立った。

「見てくれ、シーラ。魔力はやはり人によって大きな差がある。測定器を作れば向き不向きがわかるようになると思うんだ！」

「まあ、すごいのね！」

「完成したらシーラも測定してみよう」

「それは楽しみだわ。私の魔力なんて人のものを遥《はる》かに超えているけどね」

「ああ、はいはい。女神様だもんな」

「もう、全然信じていないでしょう！」

私はレオカディオと話す時だけは本当に楽しくて、いつも笑っていた。

この時間が恐ろしい結末を呼び込むことになるとも知らずに。

季節が巡った。花咲く春が終わり、太陽の輝きが厳しい夏が来て、落ち葉の舞う秋が過ぎ、雪が白を添える冬を凌《しの》いだ。

何度も、何度も。レオカディオと出会っては会話をする日々は優しく、そして残酷に過ぎる。

出会ってから五回目の冬に、彼は死んだ。

私は人の儚《はかな》さを嘆いた。たった五年、神の感覚からすれば瞬《まばた》きするほどの時間。

まだまだ彼と話をしたかったのに、どうして。

会いたい。レオカディオに会いたい。

私は絶望し、我が生の無情な長さを憎み、恨んで。

私の胸に芽生えていたものが、人の世で恋と呼ばれるものだと知った。

私が人間だったならばこれで終わり。さして珍しくもない話だ。

しかし自身が唯一の願いを叶《かな》える絶対的な力を持っていることに、私はすぐに気が付いてしまった。

自分のために力を使うことは神にとって唯一の禁忌。それをわかっていても止められなかった。

私は迷いなく、五年分の時を遡った。

あの日と同じように偶然を装って散歩中のレオカディオに声をかける。

「私は時の女神、シーラ。あなたの時間を私にくださる?」

「……はあ?」

ああ、また彼に会えるだなんて。こんなに幸せなことってないわ。

季節が巡った。そして五年目の冬にまた彼は死に、私は再び時を遡った。

何度も、何度も。ただ自分の欲望を満たすためだけに、時を戻した。

そしてレオカディオと何度目かもわからない対面を果たした後のこと。

私はようやく異変に気付いた。人の世の至る所に、あってはならない黒い魔力が出現していたことに。

黒い魔力は私が女性だからなのか、女性にばかり宿った。そして異形の力を手に入れた彼女たちは、各地で悪さをし始める。

そう、私が何度も同じ時を繰り返し、更には地上に降り立ったせいで魔力の均衡が崩れ、このような事態を引き起こしてしまったのだ。

ああ、私は。神という立場を私利私欲のために使ったことで、人の世にとんでもないものを生み出してしまった。

もうレオカディオには会えない。私は私が背負った罪を、少しでも償わなければならないのだから。

それからは必死だった。

黒い魔力を手に入れた者は、やがて魔女と呼ばれるようになった。私は魔女がもたらした悲劇を見つける度に、逐一時を戻した。

しかし時を戻すたびに人は一度目の記憶をしまい込んでしまう。

時が戻る最中でも軸にした一人だけは呼び出すことができたから、私はその者に記憶について説明して、悲劇を回避するようにと伝えて送り出した。こうすると一度目の記憶を思い出しやすくなるのだ。

……まあ、たまに説明を一つか二つ忘れてしまうこともあったけど。最近では、記憶が戻る条件の「軸にした者より先に死んでいること」を伝え忘れて、後で気付いたりしたのよね。そんなことを繰り返しているうちに千年が過ぎたけれど、黒い魔力を根本的に消すことはできなかった。

悔いを残したまま、私は今日消える。

「シーラ様」

背後から呼びかけられて、私はゆっくりと振り返った。

そこには白髪に金色の目をした、新たな時の女神がいる。

「はじめまして。交代に来てくれたのね」

女神の任期は約二千年であり、すでに私の体は砂のように崩れ始めている。全ての力を使い果たしたから、次代の時の女神に役目を託すのだ。

「……私は貴方の尻拭いなどしませんよ」

私と色は同じでも顔貌《かおかたち》の違う女神が言う。やはり神というのは利己的で、無慈悲なものだ。

「わかっているわ。迷惑をかけて、ごめんなさいね」

「まあ、神として最低限の対処くらいはしてあげます。せいぜいゆっくりなさって下さい」

労《ねぎら》いの言葉は意外にも優しく響いた。私は小さな笑みを浮かべたまま、白い空間に体を溶かしていった。

ああ、これで、もう終わるのね。

この先は二度と時は戻らない。けれど時間とはそういうものなのだから、本来の形に戻っただけと言うべきなのか。

この千年で魔女についての研究も大分進み、社会は秩序が構築されて、近頃はそう悲劇は起こらなくなった。きっと人は魔女と共存できるし、大丈夫なのだと信じよう。

そういえば、最後の悲劇について。

時を戻すきっかけになったカミロ・セルバンテスは、この先も大好きな女の子と幸せに生きていくのかしら。

考えてみれば、本来黒い魔力がなければ別々の道を歩んでいた二人なのよね。私はつくづく人の世を捻《ね》じ曲《ま》げてしまったわ。

けど、最後の笑みは幸せそうだったから、これで良かったのだと思いたい……。


……嘘。

そんな。

レオカディオ、なの？

どうして。ああ、あなたもしかして……魔力が少なかったから、最後の人生で私と別れた後に、思い出してしまったのね。

ごめんなさい。待っていてくれたの？

ありがとう。私も、ずっとずっと、会いたかったわ。

私って本当はこんなに背が高いのだけど、気にならない？

そう、良かった。

ええそうね、一緒に行きましょう。

ずっと、一緒に……。

＊＊＊

昼下がりの職員室は働く人たちの活気に満ちていた。私はリナ先生に借りていた本を差し出して、折目正しく頭を下げた。

「この本、とても勉強になりました。ありがとうございました」

自身の机に着いたリナ先生は、本を受け取ると嬉《うれ》しそうな笑みを見せてくれた。

「どういたしまして、レティシアさん。孤児院の子供たちの進捗はどうですか」

「読み書きは年相応の能力がついて来たかと思います。算数は少しずつ、でしょうか」

「順調ですね。少しずつでも活動ができれば、子供たちにとっての大きな力になると思いますよ」

リナ先生は理知的に、しかしとても穏やかに話す。

その表情から私たちの活動を心から応援してくれていることが伝わってきて、背中を押される思いがした。

「レティシアさんは読み書きの教室を開く夢があるのですよね。この本なども参考になるかと」

「わあ……！　ありがとうございます！」

リナ先生は机の隅に積まれていた本を何冊か手渡してくれた。以前に相談したことから、どうやら本を探して用意してくださったらしい。

本当に素敵な先生。いつか教室が開けたら、リナ先生みたいになりたいな。

「とても素晴らしい夢だと思います。応援していますから、いつでも相談してくださいね」

「はい！　頑張ります！」

私は直角に礼をして職員室を後にした。

借りたばかりの数冊の本を抱えて廊下を歩く。窓の外を見れば校庭に植えられた木が寒そうに震えており、冬の訪れを告げていた。

あの事件から一月ほどが経過して、直後の喧騒《けんそう》も嘘のように収まっている。

結果から言えば、ヒセラ様は自主退学という形で学園を去った。

これは陛下から直接伺った話なのだけど、まだ子供ということで死刑を免れ、強い力を持ったさる魔女の元で修業をすることになったらしい。

良かったと思う。何せこの世界ではまだ誰も死んでいないのだ。事件が解決した今となっては、ヒセラ様だけ死刑になっては大きな後味の悪さを残しただろうから。修業は大変かもしれないけど、立派な魔女になってくれたらいいな。

そして騒動も少し落ち着いた頃、魔女調査隊の四人で最後の会議を開いた。

エリアス様とアロンドラには本当にお世話になったから、謝罪と感謝を伝えることから始めて、それからは色々な話をした。

そうして、記憶が戻る条件は「カミロより先に亡くなっていること」が有力なので、若者ばかりの学園では記憶が戻る可能性のある者はほぼ居ないだろうという判断に至った。

そんな訳で以前ほどは眼鏡を外さないように神経を使わずに済んでいる。修理に出していた相棒も返ってきて、今ではすっかりいつも通りの毎日だ。

「やあ、レティシア嬢」

「エリアス様。ごきげんよう」

エリアス様と行き合って、お互いに挨拶を交わす。

事件においてはエリアス様を巻き込んだことがすごく申し訳なかったのだけど、一つだけ収穫もあった。

なんとヒセラ様がぽろりと零《こぼ》したらしいのだ。エリアス殿下を事故に見せかけて暗殺したのは自分だ、と。

「一度目の人生」という単語は無しでの発言で、聞き取りをしていた件の魔女様も、何を言っているのかと不思議に思ったらしい。一応と前置きした上で心当たりはあるかと確認され、エリアス様は笑顔でいいえと返しておいたとか。

私達は狂言の可能性も考えたけど、わざわざ嘘をつく理由は無いように思えた。

何せヒセラ様は、一番の重要事項である悪い魔女について、既に洗いざらい証言したらしいのだ。聞き取り調査はあっさりと終わり、悪い魔女を捕らえるのも時間の問題だろうとのこと。それなのに変な嘘をついても調査が長引いて、自分が面倒な思いをするだけだものね。

だからエリアス様は自暴自棄になっての自白だろうと判断したし、カミロとアロンドラ、そして私も同じ意見に落ち着いた。

ヒセラ様の罪について、私から言うことは何もない。

もちろん怒りは湧いてくるけれど、エリアス様ご自身は飄々《ひょうひょう》としたものだったし、何より私はカミロの行いをどうでもいいの一言で片付けた悪女なのだ。ならば一度目の人生の罪については、誰であっても責めることはできない。

ここは僥倖《ぎょうこう》であると捉えるべきだ。何故ならエリアス様はこれで心置きなく留学に出ることができるのだから。

「エリアス様、あれから留学についての目星はつきましたか？」

私は世間話をと思って微笑んだのだけど、返ってきた反応は鈍かった。

「うーん……実は、悩んでいるんだよね」

「まあ、そうなのですか?」

「まあね。この国で勉強を続けていくのも悪くないと思い始めたんだ」

我が国は世界でも有数の大国だから、有名大学で学問を修めでもすれば相当の経験になることは間違いない。何よりエリアス様が望むなら、それが叶って欲しいと思う。

私は大きく頷いて、いつもと変わらない麗しい笑みを見上げた。

「素敵ですね。エリアス様の望む道に進まれることを祈っています」

「ありがとう。まあでも、国のために必要と判断したら、いつでも海外に向かう覚悟だけどね」

エリアス様は楽しげに笑って見せる。しかしふと思い出したように目を瞬《またた》かせると、思案げな声でそういえばと言った。

「兄上は近頃、僕に王位を譲るとまで言い出してね」

「……え?」

「事件以来妙に元気がなくて、人が変わったみたいに謙虚なんだ。洗脳が解けて目が覚めた時はあそこまでじゃなかったはずなんだけど、どうしちゃったのかな」

私は血の巡りが急速に下に向かうのを感じた。

それは、もしかして。記憶が戻った上にひっぱたかれたことが、大ダメージになっているのでは!?

「へ、へえ。そうですか—……」

「僕は国王になんてなりたくないのに、参っちゃうよね。気まぐれだとは思うんだけど」

あはは、と気楽に笑うエリアス様。私は左右に視線を泳がせたくなるのを必死で我慢して、普通に見えるようにと念じながら一緒に笑った。

ごめんなさい、エリアス様。もしかするとアグスティン殿下は本気かもしれません……！

「それはそれとして、レティシア嬢。どうかカミロと仲良くね」

エリアス様は言うなり、私の肩をポンと叩《たた》いてきた。

彼の笑顔は揶揄《からか》いと本気の入り混じった、力強いものだった。

「いいかい。ヒセラ嬢じゃないけど、あの狂犬を制御できるのは君しかいないんだ。僕だっていつもあいつを止められるとは限らないんだから」

「あの、エリアス様？　狂犬は流石に、他に言い方があるような」

「まずは君が怪我をしないこと、トラブルに巻き込まれないこと。あとは適当に構ってやれば、あいつは勝手に生き延びるはずだ」

いや、どんな言い草ですか⁉

まあ確かに、仰《おつしや》ることは間違ってはいないと思うけど。エリアス様ってたまに毒舌家よね……⁉

「頼んだからね、レティシア嬢」

「あ、あの、はい。頑張ります」

私は圧倒されつつもこくこくと頷いた。

エリアス様は私の返事を聞くと満足げに微笑んで、気負いのない動作で立ち去って行った。

ふと窓の外を見れば白いものがちらつき始めている。初冬の今は積もることはないだろうが、初雪が観測される程度には冷え込んでいるらしい。

今の季節は十二月。今日は先輩たちが参加する、最後の部活の日だ。


ボランティア部のメンバーが勢揃《せいぞろ》いした部室にて、私たちは円卓を囲んでいる。

卓上には山のようなお菓子と、食堂から頂戴してきた軽食の数々。飲み物の準備もバッチリだ。

全員がオレンジジュースのグラスを手に持ったことを確認し、私は小さく咳払《せきばら》いをした。

「えー、では皆さんご一緒に。……先輩方、三年間お疲れ様でした！」

お疲れ様でした！　と後輩たちの声が重なったところで、私達は中央でグラスを鳴らした。

そう、今日は部長とクルシタさんの引退パーティーを開催しているのだ。

「こちらこそありがとう！　三年間楽しかったぞ！」

「みんなありがとうねえ。嬉しいわあ」

部長が快活に笑い、クルシタさんはおっとりと微笑む。

先輩方は今日で引退。これでもう活動の度に無条件で会える人達ではなくなってしまう。

尊敬すべき立派な先輩であり、この部活に居場所を見出《みいだ》せたのは二人のお陰だった。私にとってとても大切な人たち。寂しいな……。

「部長は大学の推薦合格おめでとうございます！」

ルナが朗らかに言って、カミロとテレンシオ、そして私も同じように祝いの言葉を述べる。

部長は見事推薦の切符を勝ち取って、春からは大学生になるのだ。

「随分と楽しく活動させてもらったからな！　推薦がもらえたのも皆のお陰だ、ありがとう！」

部長ったら、なんて謙虚な。ちゃっかりしたところのある人だけど、何だかんだで誠実で優しくて、頼もしい先輩だったな。これからは部長が予算を引っ張って来てくれることも無くなるから、代わりに頑張らないと。

私はハムサンドを手に取って齧《かぶ》り付《つ》いた。ふと斜向《はすむ》かいを見ると、クルシタさんが上品ながらも迷いのない手つきでクッキーを召し上がっている。

「クルシタさんは卒業後、どうなさるんですか？」

「私？　結婚するわよお」

突然の報告に、全部員が吹っ飛んだ。

ガタガタと椅子が動く音が響き、いち早く復活したテレンシオがテーブルに手を突いて抗議を始める。

「ちょっと、早く言ってくださいよ！　それなら今日もっと気合入れてお祝いしてもよかったのに！」

意外と良識的な事を言う。何だかんだでこの部活の仲間のことが好きよね、テレンシオって。

「最近決まったのよお。えっと……名前は、ちょっとうろ覚えなんだけど。私、食費に糸目を付けない人なら誰でもいいからあ」

「すごい考え方ですね……⁉」

淡々と鶏肉《とりにく》のフライを咀嚼《そしゃく》するクルシタさんに、思わず驚愕《きょうがく》の声を上げてしまったのはカミロだ。うん、私もそう思う。

「いやしかし、何にせよめでたい！　クルシタ、おめでとう！」

「ありがとうマルティン。貴方もおめでとう」

この美女大食いファイターを射止めたのって、一体どこのどなたなのかしら……⁉

だけど部長の言う通り、おめでたいことが重なるって素晴らしいわよね。

「クルシタさんも部長も、おめでとうございます！　もう一度、かんぱーい！」

私達はもう一度グラスを高く掲げて乾杯した。みんなの笑顔がガラスが鳴る音と共に弾《はじ》けて、部屋の中がますます明るくなったような気がする。

生き馬の目を抜くような社交界ではあり得ない気楽な関係。きっとボランティア部で得たご縁は、この先も宝物になるだろう。

「うふふ。新部長のレティシアちゃん、これから頑張ってねえ」

「う……！　頑張ります！」

クルシタさんに笑みを向けられた私は身を縮めつつも深く頷いた。

実のところ私は新部長に就任しているのだ。責任重大、より一層精進しなければ。

「あとはカミロ副部長だな。二人でしっかりこの部活を守ってくれたまえ！」

「はい、任せてください！」

部長の軽快な申し送りに対して、カミロはいつもの如《ごと》く爽やかだ。

……そうなのよね。活動歴から考えて副部長はテレンシオになるはずが、いつの間にかカミロに決まっていたのよね。

一応はボランティア部に入ることを内緒にしていたカミロだけど、最近はやんわりバレてきてしまったらしい。

本人曰《いわ》くこそこそするのはもう止めにして、明らかに自分目当てっぽい子は副部長権限で入部を断るそうだ。

ちなみにテレンシオが副部長になるのを嫌がったのかと思って本人に聞いてみたけど、何やら青ざめて目を逸《そ》らされてしまった。別に怒ったりしないのにな。

「はい、お邪魔しますよ。お楽しみですね、皆さん」

「あ、リナ先生！」

リナ先生の登場に、ルナがぱっと立ち上がって荷物を受け取りに行く。私達は一斉に沸き立って、大好きな顧問の先生と豪華な差し入れを迎え入れた。

学生時代が短いことを、私はよく知っている。

きっと最後の一年もあっという間だろう。だからこの貴重な経験を噛《か》み締《し》めて、これからの時も過ごしていけたらいいな。


その週の土曜日はカミロと約束をしていたので、私は出発の二時間前に目を覚ました。

諸々《もろもろ》の支度を終わらせた後、最近手に入れたばかりのチェック柄のワンピースを着て全身鏡の前に立つ。数分間自分と睨《にら》めっこをした末に、髪は降ろしたまま、眼鏡だけは掛けていくことにする。

本当に中途半端なガリ勉地味眼鏡になってしまったものだ。けれど、これで良いのだとも思う。

「……よし！」

私はライトグレーのウールコートとマフラーを身に纏《まと》い、最後にクサカバを撫《な》でてから部屋を後にした。

外出許可はきちんと取ってある。珍しくめかし込んだ私を見て、管理人室から顔を出したバルバラさんが目を丸くした。

「あらレティシアちゃん、おめかししちゃってデート？」

「ふふ。実はそうなんです」

嘘をつく気が起きなかったあたり、私も大概浮かれているらしい。

バルバラさんはますます喜色を浮かべて、分厚い手でばしりと背中を叩いてきた。

「あらあ！　若いって良いわねえ！」

渾身《こんしん》の一打によろめいたところで、廊下の向こうからアロンドラがやって来た。どうやら朝食を食べて部屋に戻るところのようだ。

「レティシア。そうか、今日だったな」

黒いワンピースというういつもの服装をした親友は、バルバラさんと並んで微笑んで見せる。

「行ってらっしゃい。楽しんで来るといい」

「行ってらっしゃい、レティシアちゃん。門限は守るのよ！」

私は元気よく行ってきますと返して、二人に向かって手を振りながら寮を後にした。

カミロとは最寄りのモレス駅で待ち合わせをしているから、短い距離を一人で歩く。

煉瓦《れんが》造りの駅舎が見えて来たところで眼鏡を外した私は、待ち合わせ相手を探して首を巡らせた。

「レティ！」

人混みの中でもカミロは直《す》ぐに見つかった。背が高くて赤い髪ともなれば目を引くし、そもそも彼が私を見つけてくれる方が早かった。

大きく手を挙げた立ち姿を目指して小走りに近寄って行く。

カミロもまたコートとマフラーを着けているので、どうやら防寒対策はバッチリのようだ。

「おはよう、カミロ。待たせてごめんね」

「おはよう。まだ集合時間前だし、全然待ってないよ」

吹き抜ける夏風のような笑みを見せたカミロだけど、じっと私と目を合わせて微笑んだまま歩き出す気配がない。どうしたのかしら。

「今日は一段と可愛いな。思わず見惚《みと》れた」

「うあ……⁉」

そして何の前触れもなく凄いことを言うので、私はやっぱり変な声を出してしまった。どうしてさらりと赤面するような台詞《せりふ》を口にできるんだろう。私は格好良いとか、なかなか言えないのに。

楽しげに笑い、早速行くかと歩き出したカミロと並んで、私もまた歩き出す。

モレス駅から魔列車で約二時間。一度目の人生で約束した通り、私たちは今日、海へと向かう。


「わあ……！」

目の前に広がる一面の青に、私は感情の赴くまま歓声を上げた。

キラキラと輝く水面に、穏やかな波の音と潮の香り。空には白い鳥が舞い、人っ子一人いないまっさらな砂浜は波紋を残して静かに佇んでいる。

なんて綺麗《きれい》なんだろう。こんな、こんなの……冬だとは言っても、眺めてるだけなんて勿体無《もったいな》い！

衝動に打ち勝つことができなかった私は、カミロを残して猛然と走り始めた。

「あ……！　レティ、気を付けろ！　砂浜は校庭と違って足を取られるぞ！」

「はーい！」

背中からの声に前を向いたまま返事をする。確かに言われた通り、足を踏み出すごとにブーツの踵《かかと》が砂浜に飲み込まれる感触がして新鮮だ。

波打ち際まで来たところでようやく足を止めると、カミロもすぐに追いついてきて私の隣に並んだ。

彼が一度目の人生で語ったように、本当に世界の半分が海で切り取られているかのようだ。

波の音が目前に迫ってくる。一つ一つ形の違う白が打ち寄せては消え、砂の形を細かく変化させていく。

「綺麗ね……」

「ああ、そうだな」

「連れてきてくれてありがとう。私、約束した時は本当に来られるとは思っていなかったから、凄く嬉しい」

「へえ。俺は絶対に、何年かかっても連れてくる気だったけどな」

冗談めかした笑顔だけど、本気で言っているのがすぐに分かってしまい、私は頰を染めた。

海に行く約束について話したのは、カミロの部屋に突撃した時のこと。

行こうと言ってくれて凄く嬉しかったという話をしたら、カミロは当然のように覚えていて、それならさっそく行こうかということになったのだ。

「まあ、連れてきたって感じでもないけど。クルロの背には乗せてやれなかったしさ」

少しだけ悔しそうな笑みに、当時を思い返す温かな色が浮かぶ。

クルロというのは未来のカミロの相棒の竜だ。私も背に乗せてもらったことがあるけど、本当に懐っこくて良い子だったなあ。

「来られたことが嬉しいから、手段は何でも良いのよ。でもクルロには会いたいけどね。懐かしいな」

カミロはもちろん竜騎士を目指しているから、このまま行けばきっと会えるはず。

本当は竜騎士みたいな危ない仕事に就くことは、ちょっと心配なんだけど。

「任せてくれ。きっとまたクルロと相棒になって、レティにも会わせてやるから」

「ふふ、楽しみね」

はっきりと頷いたカミロに笑みを返したところで、一際強い風が吹いた。

太陽が天辺《てっぺん》にあるとはいってもそれなりに寒い日だ。遮るもののないこの場所では、油断すると髪の毛が好き勝手に舞って視界を覆う。

「すごい風！　何だか全部が新鮮だわ！」

「寒くないか、レティ」

「平気。カミロは？」

「俺も大丈夫だ」

小さな蟹《かに》が砂の中から顔を出してすぐに引っ込んだ。すると一際大きな波が来て足元を濡《ぬ》らし、私達は同時に足と悲鳴を上げ、それから一拍置いて笑った。

波打ち際は危険ということで、浜の中程まで退避することにする。私はそこで白い砂の中に何かキラキラしたものが含まれていることに気付いた。

「何これ……？　あ、貝殻!?」

「おお、沢山落ちてるな」

興奮が爆発しかけている私とは反対に、カミロは落ち着いていた。海に来たことがある人はどうやら余裕があるらしい。

アロンドラが海には貝殻が落ちているって言うから瓶を持ってきたのだけど、大正解だったみたい。

「素敵！　ちょっとだけ拾ってもいい？」

「もちろん。ちょっとと言わず好きなだけ拾っていこう」

カミロは甘く微笑むと、率先してしゃがみ込んだ。

何だかあの事件以降、前にも増して笑ってくれているような気がする。優しいのは相変わらずだけど、態度が甘いというか。

私は首を振って熱くなった頬を冷やすと、慌てて同じようにしゃがみ込んだ。

「あ……あのね、瓶を持ってきたの！」

「はは、準備がいいな」

「そうでしょ？　何か記念になればいい、な、と……」

その時、私は一つの貝に目を奪われて、言葉が続かなくなってしまった。

「この貝、すごく不思議な色！」

カミロの足元に落ちていたのは、複雑なマーブル模様を描く薔薇色《ばらいろ》の貝だった。

そっと指先で摘んで拾い上げてみる。

巻貝の形をしていて、大きさは飴玉《あめだま》くらい。陽の光にかざすとキラキラと反射して、より一層深みのある色に変わる。

「綺麗だな。貝のことには詳しくないけど、珍しい感じがする。レティの瞳みたいだ」

「え？　そうかしら……？」

確かに薔薇色だから同じ色だけど、この貝の方が綺麗に見えるような気がする。

でもそう言ってくれるなら、そうなのかもしれないわよね。

「じゃあこれ、カミロにあげる」

私はカミロの右手を取ると、掌《てのひら》に貝殻を載せた。

特に深く考えての行動ではなかった。それなのに中々反応がなくて、不安になって顔を上げる。

ふと貝殻を載せていない方の手が伸びてきて冷えた頬を包み込んだ。若草色が私をじっと見つめていて、目を離すことができない。

永遠に思える時間の中で、彼の唇が私のそれに触れたのは、ほんの一瞬のことだったのだろう。

風と波の音が遠くに聞こえ、頬に触れていた手がそっと離れていく。この頃になってようやく何が起きたのかを理解した私は、爆発的に顔に熱が集中するのをそのままにするしかなかった。

「な……な……！　ここ、そと……！　そ、外ぉ！」

駄目だ、意味のない単語しか出てこない。だって、急にこんな……！

「レティが俺を喜ばせるのが悪い」

狼狽《ろうばい》する私と違って、カミロは飄々としたものだった。

少しだけ頬を赤くしたまま肩を竦《すく》めたかと思えば、ふと真剣な光を宿した目で見つめてくる。

「ありがとな、本当に嬉しいよ。一生大事にする」

だから私はすぐに返事ができなかった。

一生、って。そんなものを一生持っていてくれるの？

ただの貝殻なのに。カミロに貰《もら》ったものを考えたら、何のお返しにもならないのに。

「……それなら、今度保存用の袋でも縫ってあげるわ」

声が震えないように気を付けなければならなかった。私の心中なんて知りもしないカミロが「本当か⁉」なんて嬉しそうに笑うから、ますます言葉が出てこなくなって。

その時、高らかな鳴き声が海に反響した。

私達は同時に天を仰いで、視線の先に勇壮なシルエットを見つけて息を呑む。

竜だ。青い空を背景に、ゆったりと翼を動かして飛んでいる。

そしてあれは——もしや背に人を乗せているのだろうか。

「竜騎士だ……！」

弾んだ声に隣を見上げると、カミロは輝く瞳で竜を見つめていた。

私の視線に気付いたのか、すぐにこちらを向いて勢いよく言う。

「レティ、手を振ってみよう！」

「ええ、そうね！」

私達は両手を上げて、がむしゃらに振り回した。自然の音に負けじと声を張り上げて、また更に手を振って。

すると驚くべきことに、返事が返ってきたではないか。

誰もいない砂浜に竜の鳴き声が響き渡る。背に乗る竜騎士が手を上げるのが見えて、私達は興奮気味に顔を見合わせて、笑った。

大空の向こうへと、力強い姿が遠ざかってゆく。

どんどん小さくなって豆粒のようになり、やがて完全に見えなくなるまで、私達はその場に立って見送っていた。

太陽の光が柔らかく降り注ぎ、砂浜を白く照らしている。風はいつの間にか穏やかになって、そよそよと髪を揺らす。

こんなことを言ったら怒られるかもしれない。けれど私は海に来られたことそのものよりも、カミロが約束を覚えていて、共に来られたことが嬉しかった。

今日という日は私の宝物になったけれど、カミロも同じように感じていたらいいのに。

私は精悍《せいかん》な横顔をそっと見つめながら、心の中で願った。


それは帰り道に起きた。

海沿いには商店街があって、オフシーズンの今も地元の人で賑《にぎ》わっている。

私達は観光がてら、お店を覗《のぞ》きながら歩いて楽しんだ。するとカミロがサムにお土産を買ってくれると言うので、私は会計の間は外で待っていたのだけど——。

「ねえねえいいでしょ？　お嬢さん、俺とお茶しようよ」

通りがかった男性に声をかけられてしまったのだ。無表情を張り付けて応対しているのに、男性はまったく引く気配がない。

「人を待っているので……」

「へえ、彼氏？」

「彼氏というか、婚約者です」

「そうなんだ。それが本当かどうか確かめないと、諦め切れないなあ」

な、何この人、めんどくさい！

お店に戻る？　いいえ、お店に迷惑をかけたら申し訳ないから駄目。

かと言ってここを動くわけにもいかないし……情けないけど、カミロが出てくるのを待つしかないか。

ため息を吐くのを必死に我慢する。すると男性が無遠慮にも肩を抱いてきたので、全身に鳥肌が立った。

「ちょっと……！　やめて、離してください！」

「まあまあ、そんなに嫌がらないでよ」

へらへらと笑う顔に更なる嫌悪感が募り、必死で身を捩《よじ》る。

嫌だ、気持ち悪い。これはもう件のビンタを決めるのも有りか。

そこまで思い詰めたところで、肩に乗った腕の重みが嘘のように消え去った。

「い、いてててて！」

そこにはカミロがいた。男性の腕を問答無用で捻《ひね》り上げ、痛みに歪む顔を見下ろしている。

良かった、来てくれたのね。安堵にそっと息をついた私は、しかし次の瞬間血の気を失うことになる。

「おい、お前。レティに一体何をしているんだ？」

あれ？　聞いたことのある台詞だなあ。

確かあの事件の時、ヒセラ様に言っていたような。気のせいかな。

『いいかい。ヒセラ嬢じゃないけど、あの狂犬を制御できるのは君しかいないんだ』

『まずは君が怪我をしないこと、トラブルに巻き込まれないこと』

エリアス様の助言が頭の中でぐるぐると回る。

い、いや、まさかまさか。だって私、今回は怪我なんてしてないし。

「俺だって触るの我慢してるんだぞ。それなのにぽっと出の赤の他人が、なに気安く触れてくれてんだ」

え、我慢？　その割にそこそこやりたい放題してると思うんだけど……？

じゃなくて、ちょっと待って。

目が。カミロの綺麗な目が、敵を屠《ほふ》る時のそれに様変わりしているわ⁉

「わ、悪かったよ！　離してくれよお！」

「お前の訴えを聞く義理はない。どれほど罪深いことをしたのか、解《わか》らせてやるよ」

カミロの声が凄《すご》みを増す。

この時点で私は大きく息を吸って、声を張り上げることにした。

「カミロ！　私、さっきの角で見たカフェが気になるなあ！」

するとカミロは唐突に男性の腕を放した。

か細い悲鳴をあげて走り去って行く後ろ姿にはもう欠片《かけら》の興味もないようで、心配そうな眼差《まなざ》しで見つめ返してくる。

「レティ、大丈夫なのか？　怖かっただろ」

「カミロが来てくれたから全然平気！　それより私、お腹《なか》が減って仕方がないの！」

「そっか、それじゃあ早く食べに行かないとな」

慈しむような笑みを浮かべるカミロを前にして、私は額に浮いた冷や汗を拭いたい気分だった。

危ない。もしかするともの凄く危なかった、かもしれない！

中途半端なガリ勉地味眼鏡になってしまった訳だから、仕方のない事ではあるけれど。

私が望んだ平穏は、一生手の届かない存在になったみたいだ。

## 書き下ろし1　アロンドラ編　とんでもないことが起きたのかもしれない

あれは中等部三年の夏休みのことだ。

深夜まで本を読んでいた私は、いつもの如《ごと》く昼近くになって起き出すと、リビングルームへと降りて行った。

「アロンドラちゃん、おはよう」

「おはようございます、お母様」

あくびを噛《か》み殺《ころ》して挨拶すれば、お母様は仕方がないわねとばかりに笑った。

貴族としては考えられないくらい自由に育ててもらったおかげで、私は研究や勉強に打ち込むことができている。本当に父と母には頭が上がらないのだ。

「早速だけど出かけてくるわね。お祖父様が忘れ物をしたみたいで、届けることになったの」

お母様は室内用のドレスを着ていたが、今から身支度を始めるようで、後ろにはメイドが控えている。私はだらだらと寝坊をした罪悪感から、ほとんど反射的に声を上げた。

「私が届けて参ります。お母様はゆっくりなさって下さい」

ああでも、外は暑いのだったか。

言った後で少し後悔したが、お母様が娘の気遣いに嬉《うれ》しそうな顔をするのだから、撤回の選択肢などなかった。

メイドたちに支度を手伝ってもらい、素晴らしい手腕のおかげで人前に出られる格好になった後、私は王城へと出発した。

王城の敷地《しきち》内には王立魔法研究所があって、お祖父様は我が家にある研究室と行き来しながら仕事をしている。世間一般の貴族ならとっくに引退している歳《とし》なのだが、本人曰《いわ》くまだまだやりたい事が溢《あふ》れているらしい。

王城の庭園を歩いていると、容赦のない蟬《せみ》の鳴き声が全身を包む。完全なるインドア派の私はげんなりとしつつ、主人に向かって日傘を差し出そうとするメイドの動きを制した。

「傘なら自分で差すから、ヘマも自分に使うといい」

「いえ、ですが」

「これでは日焼けどころの騒ぎではないぞ。ほら」

ヘマの手から広げていない方の日傘を奪い取り、自分で広げて太陽を遮る。ヘマは困ったような顔をしていたが、すぐに微笑《ほほえ》んでくれた。

「ありがとうございます。お嬢様は優しいですね」

「そうかね。普通だと思うが」

他者が大変な思いをしているのに踏ん反り返ったままの人間なんて、身分問わず碌《ろく》でもないことは間違いない。

尚《なお》も嬉しそうにするヘマを少々照れ臭い思いで見遣《みや》り、王城の美しく整えられた庭を歩く。お祖父様の勤める王立魔法研究所は奥まった一角にあるのだが、その道中には近衛《このえ》騎士の訓練場などもあって比較的に賑《にぎ》やかな場所だ。

しかし今日は休日のために人通りがない。ヘマと世間話をしながら騎士の訓練場を通り過ぎようとした時のこと、私はふと何かがぶつかる大きな音を聞いて足を止めた。

「ちょっと中を見てくる」

「あっ、お嬢様！」

誰かが事故にでも遭っていたら大変だ。今日はまったく人がいないのだし、もしかすると誰にも知られず倒れたままになってしまうかもしれない。

訓練場は入り口が開きっぱなしになっていた。壁で囲われただけの簡素な空間をそっと覗《のぞ》き込《こ》んだ私は、そこに二人の人物を発見した。

「いたた……カミロはやっぱり強いなあ」

「お前も相当なもんだろ、エリアス。今のはちょっとひやっとしたぞ」

この国の第二王子エリアス・リコ・オルギンと、公爵子息カミロ・セルバンテスだ。どうやら木刀での稽古が決着したところだったのか、エリアス殿下は地面に座り込んでいる。

一応は同じ学園の同級生だが、私はこの二人と話したことがない。彼らは日陰を生きる私とは違う目立つ人種であり、更には王族ともなれば絶対に関わりたくない相手だ。ここは事故ではなかったことに安堵《あんど》しつつ、そっと訓練場を後にしてしまおう。

「あれ？　君、ちょっと待って」

音を立てずに踵《きびす》を返《かえ》した時のことだった。エリアス殿下に呼び止められるという事態に、私はため息をついて振り返った。

「エリアス、どうした？」

「ごめん、少し話してくるよ」

別段私には興味がないらしい公爵子息を置いて、エリアス殿下が歩み寄ってくる。最悪だ。気付いたとして何故《なぜ》呼び止めた。私にこの方と何を話せと？

「こんにちは。アロンドラ嬢、だよね？」

「え……」

私はまさか名前を言い当てられるとは思ってもみなかったので、ぽかんと口を開けてしまった。

今の私は学園にいる時と違ってかなりきちんとした格好をしているし、そもそも同級生として認識されていないと思っていたのに。

「こんなところでどうしたんだい？　もし道に迷っているなら、案内するけど」

「い、いいえ。道に迷った訳ではありません」

「そう、良かった。でもそれならどうしてこんなところに？」

エリアス殿下は私の下手な受け答えにも朗らかな笑みを絶やさない。更には世間話を続けようとするのだから、私は困惑を隠しきれなかった。

「本日は祖父の忘れ物を届けに参りました。するとこの訓練場から大きな音が聞こえましたので、気になって」

「ああ、心配して来てくれたんだね。ありがとう」

エリアス殿下は苦笑して見せた。自身が稽古で負けた音を聞きつけられたのだから、あまりいい気分はしないことだろう。

「そろそろ失礼いたします」

「うん、引き止めて悪かったね。道中気をつけて」

爽やかな笑顔が眩《まぶ》しい。まさか本当に道に迷ったのかと心配してくれただけだったとは、聞きしに勝る優しい王子様だ。まあだからといって、特に何を思うでもないが。

ともかく何事もなくて良かった。少し離れたところではヘマが心配顔で佇《たたず》んでおり、私は待たせたことを詫《わ》びるべく歩き始めた。

ふと振り返ると、そこではまだエリアス殿下が見送ってくれていた。改めて会釈をすると手を上げて応えてくれる。気さくな仕草にますます困惑を抱きつつ、私は再び前を向いた。

「お嬢様、素敵な方ですねえ。同級生さんですか？」

ヘマが何やら楽しげな笑みを浮かべるので、うんざりとした表情を隠すことなく頷《うなず》いてやる。

「ああ。第二王子のエリアス殿下だ」

「ええっ、王子様ですか！」

そう、あのお方は王子様だ。学年一位の秀才で容姿端麗、更には人に好かれる素質を持っていて、何でもそつなくこなす人気者。

しかし意外なことだが、エリアス殿下でもああして努力を重ねているんだな。それを知れたのは、案外悪くない出来事だったのかも知れない。


——いや違う、あれは最悪の出会いだった。間違いない。

あの時に半端に関わったせいで、エリアス殿下がやたらと絡んでくるようになったのだ。

中等部の時はまだクラスが違うから良かったが、高等部一年で同じクラスになったのが運の尽きだった。レティシアと仲良くならなければ、たった一人で彼に対処しなければならなかったと思うと本当にゾッとする。

そして二年ではクラスが離れ、ホッとしていたのも束《つか》の間《ま》。

レティシアを巡る騒動があって、私はエリアス殿下やカミロ殿ともよく話すようになり、最終的には当事者となっていた。大きなトラブルを巻き起こしてカミロ殿の暴走を招き、それをエリアス殿下が間一髪で止めるという、大きな借りを作る結果となってしまったのである。

「アロンドラ嬢、休憩かい？　僕も座っていいかな」

学園の端に位置するカフェのテラス席は穴場だ。誰もいない中でコーヒーブレイクと洒落込《しゃれこ》んでいたところ、エリアス殿下が現れて笑顔を振りまいたので、私は無言で目を細めた。

おいおい、一言も許可を出していないのに勝手に対面に座ってきたぞ。聞いてきた意味はどこにあったんだ。

「飲んでいるのはコーヒーだよね。ここのカフェ、美味《おい》しいよね」

エリアス殿下もまたコーヒーを手にしており、優雅な仕草でカップを傾けている。

この方が私の態度に気を悪くした様子がないのはいつものことだ。私は観念して、そうですねと答えておいた。

「その後はどう？　色々とあったから、何か困ったことが起きていないか心配していたんだけど」

あの大騒動からそろそろ半月ほどになる。

最後に四人で事の顛末《てんまつ》を話し合って以来、エリアス殿下と話すのはこれが初めてだ。私はこの方を苦手とするあまりに先送りにしていた問題を思い出して、両手をぎゅっと握りしめた。

駄目だ、やはり言わなくては。これは人として、外してはならない事なのだ。

「エリアス殿下。実は、その事についてなのですが」

決死の思いで切り出すと、エリアス殿下は意外そうに目を瞬《またた》かせた後、いつになく真剣な表情になった。

「まさか、何かあったのかい」

「いいえ。私は、貴方《あなた》に恩返しをすべきと考えています。ですので何がよろしいか伺おうとしておりました」

どうやら完全に予想外の話だったらしく、エリアス殿下は珍しくも呆《ほう》けたような顔をした。

「ええと、兄上との婚約が解消しきれなかった、とかではなく？」

「そもそも婚約は成立していませんし、話自体もとっくに無くなりましたが」

「そ、うか。びっくりした……」

妙に実感のこもったため息を吐いて、エリアス殿下は肩の力を抜いたようだった。何がそんなに安心したのか不明だが、この方の考えがよく分からないのもいつものことだ。

「エリアス殿下がいらっしゃらなければ、私のせいで取り返しのつかないことになっていたかもしれません。ですからお礼をしたいのです」

改めて説明をすると、エリアス殿下はああと納得したようだった。この方にとってもカミロ殿の暴走は印象深い出来事だったらしい。

「君は友達を守ろうとしただけなんだから、気にすることはないんだよ」

「そういう訳にもいきません。気になります」

「そう言われてもなあ」

予想通りの返答にも一歩も引かずに言い返すと、綺麗《きれい》な形をした眉が困ったように下がる。エリアス殿下は腕を組んで考え始めたのだが、思いつくまでの時間はそう長くはなかった。

「お礼って、何でもいいの？」

改めて言われると、私は少しばかり背筋が寒くなるのを感じた。

何せこの王子様の趣味嗜好《しこう》は謎だらけなのだ。とんでもなく希少な品を要求されたり、無理難題をふっかけられたりしたらどうすれば。

しかしやっぱりやめたと言う訳にもいかないので、私は悪戯《いたずら》っぽい輝きを宿した瞳を見つめ返した。

「私に用意できるものなら」

「じゃあ問題ないね。アロンドラ嬢、僕と遊びに出かけようよ」

「……は？」

想像だにしない返答を得て、私はあからさまに顔を顰《しか》めてしまった。

何だそれは。私はお礼をしたいと言っているのに、なぜ遊びに行くなどという話になるのだ。

「意味がわかりません。それではお礼にならないと思います」

「僕にとってはなるんだよ。何でも良《い》いんじゃなかったのかい」

冷めた眼差《まなざ》しを浴びせても、エリアス殿下は楽しそうに笑っている。先程の自身の発言を持ち出されれば、私は言葉に詰まるしかなかった。

「決まりだね。来週の土曜日、外出許可を取っておいて」

「いやしかし、エリアス殿下」

私は本当に何でもいいと思っていたのだ。

有効活用してくれるなら自身の研究を渡しても良いと思っていたし、貴重な素材を使用した魔道具だって作ってあげるつもりだった。

だというのに、こんな話は想定していない。想定していないぞ！

「楽しみにしているよ。じゃあね、アロンドラ嬢」

私が困惑しているのにも構わず、エリアス殿下はコーヒーを飲み干して立ち去って行った。

……嘘《うそ》だろう。あの方は何が楽しくて、私と出かけようなどと思ったんだ。

永遠に来ないでくれと願った次の週の土曜日は、無情にもあっという間にやって来た。

ギリギリ外出に耐えうるであろう灰色のワンピースを着て、その上に薄手のコートを羽織る。服装以外はいつもの姿のまま、私は寮を後にした。

事前に知らされた待ち合わせ場所は、アラーニャ学園を擁するモレス市の中央公園、噴水前だ。

時間ぴったりに到着すると、休日を楽しむ人々の中に一際目立つ立ち姿を見つけた。

「やあ、アロンドラ嬢！　おはよう、来てくれたんだね！」

うわあ。やたらめったらキラキラしているぞ……。

ごくありふれたズボンとコート姿なのに、美貌のせいでとんでもない存在感を放ってしまっている。周囲の女性たちはひそひそと噂《うわさ》しながらうっとりと見つめているし、これでは王子殿下だとバレるのも時間の問題なのではないか。

「エリアス殿下、おはようございます。つかぬことをお聞きしますが、護衛などは付けておられますね？」

「いないよ。僕を狙うような人はヒセラ嬢くらいだし、問題ないよ」

学園では護衛無しで生活しているようだったから一応聞いてみたのだが、そのまま無しで出かけてきたということらしい。

本気か。危険すぎるのではないか。

「護衛なんかに邪魔されたらたまらないしね」

「邪魔……？」

「いいんだ、こっちの話。それじゃあ行こう」

楽しげに言ったエリアス殿下に促されて、私もまた歩き出す。

秋のとある日、不可解な休日の始まりだった。

エリアス殿下が選んだ目的地は、公園内に位置するモレス博物館だった。

好ましい選択に私は人知れず安堵のため息をついた。こうした場所なら喋《しゃべ》らなくてもいいし、展示品を見るのは面白いし、悪くないかも知れない。

「はい、どうぞ」

「……ありがとう、ございます」

私は差し出されたチケットを釈然としない思いで受け取った。

まさかチケットを既に買ってあるとは。むしろ奢《おご》る気で財布を出したら固辞されてしまったのだが、これではまったくお礼にならないではないか。

納得がいかないまま何気なくチケットを眺める。すると私はそこに興味の対象を見つけ、俄《にわか》に目を輝かせることになった。

「魔法学研究の歴史展⁉」

「うん。君が喜ぶかと思って」

私はもはや高貴なお方の言葉を右から左に通過させていた。

こんな展示をやっていたとは、色々と大変なことがあったせいで気がつかなかった。ものすごく面白そうではないか……！

「早く行きましょう！」

「あはは。そうだね、行こうか」

何故か声を上げて笑ったエリアス殿下より半歩前に出て、私は興奮のままに歩き始めた。


おお……おおお……！

私は心の中で歓声を上げつつ、エリアス殿下そっちのけで展示を楽しんだ。

いや、そっちのけにしていた自覚すらなかった。あまりにも充実した展示内容に、私はすっかり夢中になっていたのだ。

おお、この装置は素晴らしい合理性だ。

産業利用のために魔力を最適化する装置は、初期型といえど無駄を削《そ》ぎ落とした、無骨な鉄製の外観をしている。

まさかこのような貴重なものまで展示してあるとは。モレス博物館、中々やるではないか。

感激しきりで次の展示へと歩を進めると、そこではエリアス殿下が先んじて見物していた。無理にペースを合わせるでもないこの様子は、私にとってありがたいものだった。

「アロンドラ嬢、楽しめているみたいだね」

「はい。エリアス殿下」

こんな受け答えで意地を張るものでもないので、私は素直に頷いた。するとエリアス殿下はますます笑みを深めて、じっとこちらを見つめ返してくる。

「……何か？」

「うん、可愛《かわい》いなあと思って」

突然の爆弾発言に思わず絶句してしまった。

何を言っているのだろう、この方は。可愛い女子からもっとも縁遠いところにいるのが私という人間なのに。

「はあ……そうでございますか」

「あはは、反応薄いなあ」

自覚通りに可愛げのない言葉を返した私だが、エリアス殿下は更に面白そうに笑っている。

本当に酔狂な方だ。こんな面白みのない女を揶揄《からか》って、一体何が楽しいのだろうか。

私は妙に落ち着かない気分になり、気を紛らわせるべく視線を彷徨《さまよ》わせた。すると通路を挟んだ先に特別な魔道具を見つけて、一気に研究者としての眼を取り戻した。

「これは、魔法風見鶏《かざみどり》ではないか！」

魔法風見鶏は私が魔法学研究に興味を持ったきっかけの品だ。ただの風見鶏とは違い魔法学者が製作したもので、一時間後の天候を察知して色がキラキラと変化する。

お祖父様の研究室でたまたまこれを見つけた私は、その美しい様に一瞬で心奪われた。こんなに綺麗なものが作れるなら、自分も魔法学研究者になりたいと思った。まあ今はだいぶ地味な研究をしているのだが、きっかけなんてそんなものだ。

一人で思い出に浸って満足していると、ふと隣にいたエリアス殿下が口を開いた。

「ああ、魔法学に興味を持ったきっかけなんだったね」

——ん？

私は大きな違和感を得てエリアス殿下を見上げた。

おかしい。私はどうでもいい個人的な話を、この王子殿下に聞かせた覚えはない。

「私は、そのような話をいたしましたか」

「……あれ？　違ったかな」

エリアス殿下の鉄壁の笑顔が少しだけ揺らいだように見えたのは、私の気のせいなのだろうか。

珍しくも動揺している、ような。いや、見間違いか……？

「いいえ、その通りです。ですが私は貴方様《あなたさま》にお話しした覚えはありません」

「そうだったかな。レティシア嬢にでも聞いたのかもね」

先程感じた動揺は今やどこにもなく、エリアス殿下は何の澱《よど》みもない笑みを見せている。

そうか、レティシアには確かに話した覚えがあるし、それならば何らおかしな事でもないか。

「アロンドラ嬢、こちらも面白そうだよ」

エリアス殿下が示したコーナーが確かに面白そうだったので、私は感じた疑問を一瞬にして忘却した。

おお、あれは！　魔力測定装置の変遷について！　もっとも原始的な装置から置いてあるぞ
……！


結局のところ、私は大いに展示を楽しんだ。

エリアス殿下も楽しんでおられたようで、それなりに会話も交わしながらじっくりと観覧した。

そして特にその後の予定が組まれることもなく、博物館を出て学園に戻った我々は、門のところで解散したのだった。

寮までの道を歩きながら、私はある事に気付いてハッとなった。

おかしいぞ。これではまったくお礼になっていない。

エリアス殿下は、一体何をなさりたかったんだ……？


次の日になっても、博物館見物についてのもやもやは晴れなかった。

釈然としない思いを抱えつつも寮の食堂でパスタを食べていると、ふとテーブルに影が差す。

「アロンドラ、一緒に食べてもいい？」

レティシアはトレーに同じパスタを載せ、笑顔でそこに立っていた。

もちろんだと答えると、レティシアは嬉しそうに頷いて対面に座った。ミートソースパスタにたっぷりと粉チーズをかけて、幸せそうに食べ始めている。

「美味しい。寮のミートソースパスタ、お気に入りなのよね」

「ああ、私の中でもかなり上位だな」

頷いた瞬間に脈絡なく閃《ひらめ》いた。

そうだ。昨日の件について、レティシアに相談してみようか。

「レティシア。実は、聞いてほしい話があるのだが」

「うん、なあに？」

朗らかに頷いたレティシアに、私は出かける事になった経緯から話し始めた。

「……ということがあってね、本当に不思議なのだよ。レティシア、君はどう思う？」

話している間はパスタに手をつけることができず、残念ながら伸びてしまったようだ。とは言ってもこの食堂のパスタは冷めても美味しいので問題なし、今からしっかりと平らげる事にする。

「そうだったのね。エリアス様ったら、アロンドラのこと」

一口食べたところでレティシアが何かを呟《つぶや》いたが、声が小さすぎて聞き取ることができなかった。

「すまない、何と言ったのかね」

「う、ううん、何でもないの！　楽しそうで良いなあって」

楽しそう、だって？

私はレティシアの言に違和感ばかりを覚えた。確かにエリアス殿下は終始笑顔ではあったが、あれは私を困惑させて楽しんでいたのではないかと思う。

「私は困惑しか感じないが。ああ、そうだ……あともう一つ、大きな疑問があるんだ」

「大きな疑問？」

「ああ。何故かエリアス殿下が、私が魔法学に興味を持ったきっかけをご存知だったんだ。レティシアに聞いたと仰《おっしゃ》っていたが、本当なのかと思ってね」

レティシアは記憶を辿《たど》るように腕を組んだ。聞き役だった彼女は既にパスタを食べ終えていて、今は食後のコーヒーを楽しんでいる。

「うーん、私からは特に話していないと思うんだけど」

「やはりか……」

レティシアの返答に推測が輪郭を宿すのを感じて、私は低く呟いた。

「エリアス殿下は、私に対して何かしらの疑いを抱いているのではなかろうか」

「はい？」

ぽかんとした表情になった友人の様子を顧みることなく、私は思考を重ねていく。

「そうだ、だからこそやたらと絡んできたり、魔法学の展示を見せてみたり……身辺調査まで」

「えっと、アロンドラ？」

疑いの内容はやはり研究についてだろうか。それなりのレベルの研究をしている自負はあるが、なぜそんなことが可能なのか、違法研究の疑惑でもかかっているのかもしれない。

「きっと尻尾を出すのを手ぐすね引いて待っているんだ！」

「そうかなあ⁉」

かなりの自信を持って結論を述べた瞬間、レティシアが思わずと言った調子で声をあげた。

私は面食らってしばしの間言葉を失ったのだが、レティシアは何故か必死の様子で言い募ってくる。

「ベリス博士の孫の貴方に、そんな疑い持たないわよ！　エリアス様はたぶん、アロンドラと博物館に行きたかったんだと思う」

「博物館に行きたかった……？」

「そうよ。魔法学に興味を持つきっかけについてご存知だったのは、よくわからないけど。でも、きっとただそれだけよ」

この友人は、どうしてそんなことを言うのだろう。

そんな訳がない。あの方が私と博物館に行きたいとか、そんな訳がないというのに。

「私はそうは思わない。疑惑うんぬんが勘違いだとしても、揶揄って遊んでおられるだけだ」

「アロンドラ……」

自分で思ったよりもかなり硬質な声が出た。ぴしゃりと言うと、レティシアはどこか悲しげに眉を下げるのだった。


エリアス殿下に疑われているというのなら、さっさと疑惑を晴らすに限る。

何せ相手は王子殿下なのだ。国家権力に疑惑をかけられているとなれば、夢である研究者人生に影響を及ぼしかねない。

今までの私はエリアス殿下に対して冷たい態度を貫いてきたのだが、此度《こたび》ばかりは彼の朗らかさに頼る事にしよう。

「アロンドラ嬢、休憩かい？　お疲れ様」

件《くだん》のカフェに現れたエリアス殿下は、相変わらず流れるような動作で私の前に腰掛ける。いつもの如くこのテラス席には客がおらず、芝生と木々だけが囲む空間はしんとしていた。

これは渡りに船という他無い。私は膝の上で握り拳を作ると、気合を入れるために背筋を正した。

「エリアス殿下、単刀直入にお伺い致します」

「うん？　何だろう」

エリアス殿下はいつもの調子で穏やかに微笑んでいる。とても私のことを疑っているようには見えないが、ともかく聞いてみるしかない。

「貴方様はなぜ、私が魔法学に興味を持ったきっかけをご存じだったのでしょうか」

質問を放り投げた瞬間、あれほどポーカーフェイスに長《た》けたエリアス殿下の表情が変わった。

やはりだ。この大きな疑問は、やはり彼にとって触れられたくないことなのだ。

「レティシアに確認しましたが、エリアス殿下に話した覚えはないとの事でした。もしエリアス殿下が私のことを何かお疑いで、調べておられるのであれば……どんな質問にもお答えいたしますので、どうかお話し頂きたく」

そうだ、話して欲しい。

事実無根の疑いをかけられては迷惑だということもあるが、私はやけに苦しいと思った。

この方に人を揶揄う悪癖があろうとも、本質的には聡明《そうめい》な人格者だということは一連の騒動で理解したつもりだ。何せあれだけの迷惑をかけられても尚、私に対して文句の一つも言わなかったのだから。

そんなエリアス殿下に疑われるのは残念なことだ。苦しいと思うのは、ただそれだけの理由だ。

「……なるほど。そう来たか」

しかし私の心中など知らないエリアス殿下は、面白そうな笑みを浮かべて見せる。

「もう誤魔化すのは無理みたいだね。僕も浮かれて下手を打ったものだけど、君も見逃してくれないなあ」

コーヒーカップをテーブルへと戻し、エリアス殿下は気楽な動作で頬杖《ほおづえ》を突いた。だらしのない格好でも一枚の絵のように整ってしまうのだから、美形というものはつくづく狡《ずる》い。

それにしても、痛いところを突かれたはずなのにこの余裕の態度は何だろうか。

「私のことを調べていたことを、お認めになられると？」

「いいや、僕は君のことを調べたりはしていない」

にっこりと微笑むエリアス殿下。うむ、まったく話が見えないのだが。

そろそろ苛立《いらだ》ち始めた私が眉根を寄せたところで、エリアス殿下は想像だにしないことを告げた。

「君から聞いたんだよ、アロンドラ嬢。とは言っても、一度目の人生での話だけど」

恐らく、私はたっぷり十秒も完全に静止していたと思う。それ程に予想外の答えだった。

一度目の人生で、私から聞いた、だと？

そんなまさか、嘘だ。家族以外にこの話をしたのはレティシアだけ。つまりはそれなりに仲良くならないと、絶対に話さないような個人的な思い出だというのに。

私が言葉を失っているのをどう思ったのだろう。エリアス殿下は麗しの笑みを浮かべたまま、更なる衝撃発言を投下した。

「一度目の人生の時、僕と君が恋人同士だったたって言ったら、君は信じてくれる？」

……

…………

…………は？

「冗談はやめて頂けますか」

先程よりも長い時間をかけて飛び出した声には、隠しきれない憤りが滲《にじ》んでいた。

この局面でこんな冗談を言うとは信じられない。人格的には優れた人だと思っていたが、やはり間違いだったのか。

「ほらね、だから言いたくなかったんだけど。まあ納得してもらうためには仕方がないかな」

エリアス殿下は苦笑するばかりで、先程の発言を撤回する様子はない。

だから何なのだ、この余裕の態度は。一体何を考えておられるのか。

「少し昔話に付き合ってよ。と言っても、一度目の人生での話だけどね」

少しも納得していない私が憮然《ぶぜん》とする中、エリアス殿下はマイペースを崩さない。過去を懐かしむように緩めた表情で、私の知らない「一度目」を話し始める——。

＊＊＊

あれは中等部三年の夏休みのことだったかな。いつものようにカミロと剣の稽古をしていた時、僕は君に出会った。

「そろそろ失礼いたします」

「うん、引き止めて悪かったね。道中気をつけて」

小さく会釈をして、君はすぐ近くに控えていたメイドの元へと戻って行った。

もう少し話していたかった僕は至極残念に思った。遠ざかっていく日傘を見送りながら、ある事に気付いて息を呑《の》む。

――そうか。アロンドラ嬢は、メイドに頼らず自分で傘を差す人なんだな。

先ほど物音を聞きつけて心配して来てくれたことと、ベリス博士の忘れ物を届けようとしていることからして、きっと彼女は優しい人なんだろう。愛想はないけれど、誰に対しても謙《へりくだ》ったりしない姿勢は僕にとって潔く映った。

ふと君が振り返る。もう一度会釈をする姿が可愛らしくて、僕は逸《はや》る気持ちを抑えて手を上げた。

「おーい、エリアス！　いつまで見送ってんだよ！」

そのまま動かないでいたら、痺《しび》れを切らしたカミロに呼ばれてしまった。僕はごめんと返して、稽古へと戻る事にした。

そんなことがあったから、僕は君のことが気になるようになった。それからは機会を見つけては君に話しかけに行った訳だけど、ことごとく目を逸《そ》らされたのは知っての通りだよね。

さて、先に確認をしておこう。

一度目二度目とは言っても、照らし合わせてみると僕が歩んできた人生に大きな変わりはない。変化があったのはレティシア嬢によって記憶を取り戻してから。当然だけどあの一連の騒動は、一度目の人生にはまったく存在しないものだったからね。

つまり何が言いたいのかと言うと、僕が君に話しかけに行ってはあしらわれていたのは、一度目の人生でも二度目の人生でも全く同じことだったんだ。

違うのは一度目では君が独りきりだったこと。レティシア嬢と友達関係ではない君はいつも一人で、そんなことどうだっていいって顔をしていたから、僕はますます君のことが気になった。ああいや、友達を大事にしている今の君も、同じだけ素敵だと思うけれど。

研究というのはどんなものなんだろう。どんな勉強の仕方をすれば、こんな面白い成績になるのかな。

君は、どんな顔をして笑うんだろう？

「いい加減におやめ頂きたい。何故、貴方様は私のような者に話しかけてくるのです」

これは高等部二年の秋……そう、ちょうど今くらいのこと。いつものように中庭で本を読んでいた君に話しかけたら、心底迷惑そうに睨《にら》みつけられてしまった。

思えば一度目の君は今よりずっと頑《かたく》なで、中々心を開いてくれなかった。記憶を取り戻してからは何でだろうって考えていたんだけど、二度目の君が柔らかいのはきっとレティシア嬢のお陰だよね。

「それは、君のことが好きだから、だよ」

僕はここで想定外の告白をした。

情けない話だけど、僕はこの時まで自分の気持ちに気がついていなかった。するりと飛び出してきた本音に自分でびっくりするなんて、後にも先にもこの時くらいだったな。

「はあ……そうですか」

呆《あき》れ切ったようなため息が返ってきた。自分でも今気がついたくらいなのだから、信じてもらえないのも道理だ。僕は内心では大いに焦り、揶揄っていると思われることだけは避けたいと躍起になった。

「本気なんだけどな」

「そうは見えません」

「うーん、手厳しいなあ……あ、そうだ！　それじゃあ、今度デートしようよ」

「は？」

うん、まったく遠慮のない「は？」だ。嬉しいなあ。

「今度の日曜、出かけようよ。集合は中央公園、噴水前。午前十一時でいいかな？」

「な、何を」

「気が向いたら来て。待っているから」

困惑しきりの表情に、僕は最後まで返事を待たずに言い切って、その場を立ち去ることにした。かなり強引で酷《ひど》い手段を取った自覚はあったけど、こうでもしないとどうにもならないだろうと思ったから。

そしてこの作戦は成功した。時間ぴったりに噴水前に現れた君を見て、僕は万歳でもしたい気分だった。

「おはよう、アロンドラ嬢！　来てくれたんだね」

「おはようございます」

そんな僕とは反対に、君はすっかり膨れっ面だ。

きっと王子殿下を待ちぼうけにさせるわけにはいかないと思ったんだろう。そこまで想定しての作戦だったから、ちょっと心は痛むけどここはもう割り切るしかない。

「行こう。博物館のチケットを買っておいたんだ」

ここからの君は可愛いなんてものじゃなかった。

無表情なのに水色の瞳をキラキラとさせていて、本当に楽しんでくれていることはすぐに分かった。よっぽど魔法学が好きなんだって、改めて実感した。

一人で観《み》るのが好きであろう君に合わせて、僕も自分のペースで観覧しながら、それでもたまに近付く横顔をじっと見つめる。

きっとアロンドラ嬢は、凄《すご》く高名な研究者になるんだろうな。

好奇心に満《み》ち溢《あふ》れた瞳は魔法学の古文書を映している。彼女はこれを書いた人と同じくらい、歴史に名を残すような人になるような気がする。

それでは、僕は？　第二王子という半端な立場で、努力に努力を重ねても、あと一歩兄上には及ばない。

だから卒業後は留学をして更に勉強をするつもりだったけど、今になってやめたいと思い始めている。

だってこの国を離れたら、君は僕のことなんて忘れ去る。きっと卒業後は研究に打ち込んで、たくさんの論文を発表して、いつか……いつかは恋人だって、できるかもしれない。

「これは、魔法風見鶏ではないか！」

気鬱を晴らすような嬉しげな声を聞いて顔を上げると、君はある展示物を見てより一層顔を輝かせていた。

「魔法風見鶏って？」

首を傾《かし》げて聞いてみる。珍しくも君は上機嫌で、無表情ながらすぐに頷き返してくれた。

「中世に作られた魔法の風見鶏です。今は赤なので、一時間後の天気は晴れ、ということです」

「へえ……こんなのがもう中世の頃にあったんだ」

「はい、今はもう殆《ほとん》ど使われてはいませんが。これは私が魔法学に興味を持つきっかけになった特別な魔道具なのです」

子供の頃お祖父様の研究室で見つけて、キラキラして綺麗で、ずっと眺めていた……ということを、君はそれこそキラキラした瞳で語った。

自分のことを初めて教えてくれたことが、僕は嬉しかった。多分改めて恋に落ちたんだと思う。僕は浮かれるままに微笑むと、ほとんど衝動的に口を開いた。

「やっぱり君のことが好きだな。ねえ、僕たち付き合わない？」

「付き合いません」

ばっさりと切って捨てられてしまった。輝く表情が一変して無の極致を作り上げるのがおかしくて、僕は声を上げて笑った。


それからは「付き合って」「付き合いません」の繰り返しだった。

公衆の面前で告白してはいけないという良識くらいあったし、君は人がいるところで話しかけると心底嫌そうな顔をしたから、そんなに頻繁ではなかったと思うけど。おかげで僕がアロンドラ・ベリスに片思いをしているということは、誰にも気付かれることはなかった。それこそカミロにすら言わなかったからね。

そんなわけでそっけなくされながらも楽しい毎日は過ぎて行った。けれど僕には大問題があったんだ。

「留学、ですか」

「うん……」

三年の夏、僕は未《いま》だに悩んでいて、カフェのテラス席にいた君を見つけて相談を持ちかけた。

留学をするか、やめるのか。

悩みの原因たる御本人に相談するのもどうかと思ったので、もちろん何故悩んでいるのかは言わなかった。この頃になると君は僕に対して結構遠慮がなくなっていたし、忌憚《きたん》のない意見を聞かせて貰《もら》えるかなと思ったんだ。

「何故お悩みかは存じませんが、私なら行くでしょうな」

そして君は、この夏空のようにきっぱりすっぱりと言い切って見せた。

「エリアス殿下は建築の勉強をなさりたいのですよね」

そう、僕は建築の勉強がしたい。実は昔から建物が好きで、これについて極めるのが一番いいと思っている。

「……うん。でも、あえて海外ってこともないかなと思って。国内だって、もちろんいい勉強はできるから」

それにどれだけ建築を学んでも、僕は兄上に何かあれば玉座を継がなければならない身だ。政治や帝王学について勉強時間を割いた方が、きっと父上だって喜ぶ。

「海外と国内とでは、たとえ質が一緒でも内容は違うと思います。留学ともなると特別なお立場である貴方が年月を経てから思い立って、すぐに行けるものでもないでしょう」

真《ま》っ直《す》ぐな瞳が僕を射貫《いぬ》く。君はいつだってぶれなくて、本当に格好良いんだ。

「私は自身の研究のために、できる限り最良の選択をしたいと思っています。エリアス殿下のお立場では色々と難しいでしょうが、貴方の最も良しとする選択ができるといいですね」

ああ、そうか。僕は君の、こういうところが好きなんだな。

自分にも他人にも厳しい様でいて、何だかんだ親身になってくれる。自分の夢に対して誠実で、いつも研鑽《けんさん》を怠らない。

そして本当は、とても優しい人。

改めて実感したらもう覚悟は固まっていた。君と離れたくないから留学を取り止《とや》めるだなんて、こんなに格好悪いことはない。

「ありがとう、アロンドラ嬢。すごく参考になったよ」

「それはようございました」

「うん。やっぱり君のことが好きだなと思ったんだけど、僕と付き合ってくれない?」

「……付き合いません」

やっぱり切って捨てられてしまった。そろそろ痛む胸を抱えつつ、僕は笑った。

また時が流れた。僕は以前にも増して勉強に打ち込んだし、それは君も同じだった。

あまり会う機会がなくなって、秋と冬を通り過ぎて、春が来て。

卒業式の日、僕は最後にもう一度だけ想《おも》いを伝える事にした。最後とは言っても、留学から帰って来たらまた会いに行く気満々だったけど。

人気のない特別教室に呼び出して、相変わらずの無表情の君に対して真っ直ぐに立つ。

「僕はアロンドラ嬢のことが好きだ。だから、恋人になって欲しい」

……うん、まあ、断られるんだろうな。もはや期待しなくなって久しいし、悲しいけど別にいいし。

「わかりました。いいですよ」

「駄目だよね、わかって……え？」

僕は俯《うつむ》きかけていた顔を上げた。目の前では出会った頃より大人びた君が、頬を赤くして斜めの方向を見ている。

「今、何て？」

「ですから、いいですよと」

「本当かい⁉」

降って湧いたような幸福に僕は我を忘れた。無遠慮にも君のことを抱き締めたら「うわあ⁉」という悲鳴が聞こえて、あまりの僥倖《ぎょうこう》に何故か笑えて来てしまった。

「あ、あはは……！　冗談じゃないよね？」

「私は冗談は言いません！」

「そうだよね、よく知ってる！」

ああ、こんな幸せって、あるんだな。

僕は君のことをぎゅうぎゅうに抱き締めて、やがてそっと体を離した。そして頬に触れて、口付けを――。

＊＊＊

「うわあああああやめろおおおおおお!!」

そこまで聞いたところで耐えられなくなった私は絶叫した。

王子殿下のお戯れと思い黙って聞いていたが、流石《さすが》にもう限界だ。羞恥と怒りでどうにかなりそうだ。

信じられない。何という話を聞かせるのだ、この方は！

「わ、ちょっとなんだい、アロンドラ嬢」

大声で話を遮られたエリアス殿下は、怪訝《けげん》そうに眉を顰《ひそ》めて耳を押さえる仕草をした。呑気《のんき》な態度に怒髪天をついた私は、王子殿下に向かって指を差すという暴挙に出た。

「今すぐその放言をやめて頂きたい！　誰がそんな話を信じるかあ！」

「酷いな、本当の話なのに。僕はすごく頑張ったんだよ？」

真っ赤になって震える私に対して、エリアス殿下はやれやれとばかりに肩をすくめている。

本当に何なんだ、その余裕は。確かに作り話にしては細部まで詳細で、矛盾点も無かったように思え……。

いや、何を絆《ほだ》されようとしているんだ、私は。エリアス殿下のペースに乗せられたら終わりだぞ！

「話はまだ終わっていないんだよね。続き、聞いてほしいんだけどな」

「ま、まだ話す気か⁉　私は断じて信じないぞ！」

もはや敬語を使うことすら忘れ、私は羞恥心に負けずに応戦することで精一杯になっていた。

エリアス殿下は実に美麗な笑みを浮かべると、私の怒りなど構うことなく話し始める。

「卒業後はね、僕はすぐに留学に行く事になっていたんだ」

「う、うう……！」

全然止めてくれない。どんな悪夢なんだ、これは……！

＊＊＊

出発の前日は、君と会うことになっていた。

演劇を観に行った帰り道、夕日の色に染まる君をじっと見つめる。

先ほど話したところによれば、明日については王室を挙げての見送りになるから私は行きません、とのことだった。

僕はさっさと婚約でもして公表したかったのだけど、流石に時間が足りなくてね。それに君は僕と恋人同士になったことを公にしたくないみたいだった。

多分だけど、僕のしつこさに根負けして、半分くらいは仕方無しに恋人になってくれたんだと思う。僕もそれはわかっていたから、あまり強引なことはできなかった。

他愛のない話をしているうちに、ベリス伯爵家に到着していた。僕は名残惜しい気持ちで君と向かい合う。

「では、エリアス殿下。留学先でもお元気で」

「うん。君もね、アロンドラ」

強引なことはできないと言いつつ、許可を得て呼び捨てにしたりはしてたけど。卒業式の日にキスして怒られて以来、進展なんてそれくらいなものだったな。

「水晶玉で連絡するよ。君も忙しいと思うけど、いつでも連絡して」

「はい。……あの、エリアス殿下」

その時の君は、あの夏に出会った時と同じように、綺麗なワンピースを着て装っていた。降ろした薄桃色の髪が春風に揺れる様が綺麗で、僕はすっかり見惚《みと》れていた。

「お時間があればで結構ですので、手紙もください。私も出します」

だから、とてもとても嬉しいことを言われたのに、すぐに反応を返すこともできなかった。

「……手紙」

「はい。無理なら結構ですが」

「い、いや、出すよ！　絶対に……！」

僕からの手紙が欲しいだなんて、そんなことを言ってくれるのかって。

浮かれて君のことを抱きしめようとしたけど、家の前だからやめてくださいって怒られてしまった。残念だったけど全然悲しい気持ちにはならなくて、ただただ幸せで、笑顔で別れた。

振り返ったら君はやっぱり見送ってくれていて、僕が手を振ると振り返してくれた。その時小さな笑みを見たような気がしたけど、遠くてよくわからなくてね。

それが最後になるなんて、思ってもみなかった。

事故……じゃなくて、暗殺だったんだっけ。まあともかく異国での死の瞬間、色々と思うことはあったけれど、最初に思い返したのは君のことだった。

初めて話した時の怪訝そうな顔。

魔法学の展示を眺める真剣な横顔。

恥ずかしそうにそっぽを向く顔。

留学先に着いてすぐに手紙をくれたこと。

色々と蘇《よみがえ》ってきてね。だって君は、僕の留学を応援してくれていたんだ。それなのに留学先で僕が死んだりしたら、きっと君は一生後悔する。あの時止めれば良かったって、優しい君なら考えるに違いない。

だから死ぬわけにはいかなかったのに。結局のところ、僕はそこで事切れた。

君にもう一度会いたかったって、未練がましく思いながら。

＊＊＊

「とまあ、僕が覚えているのはこんなところかな。だいぶかいつまんだから、詳しく話そうと思えばもっと話せるけど……アロンドラ嬢？」

私は先ほどまでの怒りをすっかり鎮めて、冷めたコーヒーの水面《みなも》を見つめていた。

本当に何という話をしてくれたのだろう。

これでは怒るに怒れない。死の瞬間に思い出したなんて言われたら……それが嘘だとしても、否定できないではないか。

「重ねて言っておくけど、全部本当の話だよ」

苦笑を含んだ声が聞こえて、私はゆっくりと顔を上げた。エリアス殿下の笑みは相変わらず麗しく、自らの死を辿った悲愴感など欠片《かけら》ほども読み取れなかった。

「やっぱり信じられない？」

「……そうですね。いきなりは、難しいかと」

エリアス殿下の語った内容は、私にとって青天《せいてん》の霹靂《へきれき》だった。

この方の話の中にいる私を、私は知らない。恋人に手紙をねだるだなんて、そんな可愛い発想は今の私にはないのだ。

しかしながら嘘だと断ずることができないのも確かだった。

何故ならば、エリアス殿下にはこんなにも手の込んだ嘘を吐く理由がない。そもそもこの話を明かしたのも私があらぬ誤解をしたからで、そうでなければ黙っていたはずだ。

そう、状況的には真実である可能性の方がよほど高い。それでも二つ返事で信じると頷けないのは、感情が追いついてこないからだ。

「うん、まあそれはそうだよね」

信じるべきか信じないべきか、私が相反する二つの選択に頭を悩ませていると、エリアス殿下が朗らかに言った。

何だ？　このやけに堂々とした笑顔は。

「それなら僕が頑張ればいいだけだ。もう一度君と学園生活を送れるだなんて、悪くない巡り合わせだよ」

ふと手が伸びてきて、私のそれに重なった。突然の事に大いに動揺した私は抗議の意味を込めてエリアス殿下を睨みつけたものの、鉄壁の笑顔が崩れることはなかった。

「僕はやっぱり君が好きだよ」

そして彼は一度目の人生での私ではなく、今の私に初めてその言葉を告げた。

心臓が止まるかと思った。何せ男性に好きと言われたことなんて、今まで一度もなかったのだから。

「留学はもうしない。行ってみたけど、君を置いてまで行く価値は感じなかったし」

爆弾発言のオンパレードに、私はそろそろ訳が分からなくなっていた。完全に呆けている間にも、エリアス殿下の宣言は続く。

「そういうわけだから、よろしくね」

「は……？」

「僕は絶対に、今度こそ、君と結婚するつもりだ。覚悟しておいてよ」

「は……!?」

覚悟の決まったサファイアブルーに見つめられて、重ねた手に汗が滲んだ。本能的な危機を感じたが、どうするべきかは判断がつかなかった。

何だ。

何なのだ、これは……？

本当に意味がわからないが、とんでもないことになったことだけは確かな様だ。

そういえばレティシアが言っていたか。エリアス様はアロンドラと博物館に行きたかっただけだ、と。

ああ、今すぐ気絶したい。私は今まさにか弱い女子への憧れを、人生で初めて抱いている。

顔色を忙しく赤と青に塗り替えている間、エリアス殿下は愛おしげに目を細めていたのだが、それはもはや私の意識のうちに入ってくることは無いのだった。

# 書き下ろし2　来年も再来年も、ずっと

いつものように図書室で期末試験の勉強をしていた私は、ふと手を止めて視線を上げた。

カミロはすっかり集中しているようで、ペンを走らせるのを止める様子はない。若草色の瞳と赤い髪が冬の陽光に輝いて、精悍《せいかん》な顔には淡い影が落ちている。

ええと。私、最近になってようやく自覚したのだけど。

カミロのこと、好きみたいなのよね……。

本当に今更すぎて嫌になる。一連の騒動の間は他に伝えるべきこととやるべきことが多すぎて、そこまで頭が回らなかったのだ。

事件の余韻も消え去って、海にも行って、ようやく日常に戻ったら、もう好きって気持ちしか残らなかった。一度目の人生の時にアグスティン殿下に感じていたものとも違う、そわそわするのに温かい気持ち。

もっと早くに気付いていたら、勢いで伝えられそうな場面なんていくらでもあったはず。カミロはあんなに伝えてくれているのに、言葉で返すことができていないばかりか、その事実に気付いてすらいなかっただなんて。私って本当に自分のことすら見えてないわよね。

「レティ」

ため息を吐きそうになったところで、苦笑混じりの声に名前を呼ばれた。カミロは私と目を合わせて、困った様子ながらも照れたように笑っていた。

「俺のことじっと見て、一体どうしたんだ？」

「え……！　私、そんなに見てた？」

「見てた。穴が開くかと思った」

カミロは私の答えを待って、小さく首を傾《かし》げている。

もうこれは、言うべき場面なのでは？

私も今まで結構大胆なことを言ったりやったりしてきているし、カミロだって薄っすらとはわかっているわよね。それなら確認作業みたいなものじゃない。

でも、今は期末試験前。変なこと言って動揺させて、試験に影響が出たりしたら申し訳ないし。それに唐突すぎるっていうか、脈絡がなさすぎるっていうか、もうちょっと勇気をくれる何かが欲しいというか……。

私はほんの短い時間に色々な考えを巡らせた。しかし最終的に飛び出したのは、当たり障りのない提案だった。

「あ、あのね。冬休みは、カミロの……セルバンテス公爵家に遊びに行っても良《い》いかなって」

う、うう。私の臆病者！　何で今、遊びの約束なんか取り付けようとしてるのよ⁉

「レティがうちに？　ああ、もちろん来てくれ！」

ああ、そしてすっごく嬉《うれ》しそうだわ。誤魔化すための提案なのにごめんなさい、カミロ……！

「いつにする？　うちはいつでもいいよ」

「じゃあ、一週目の週末、とか」

「わかった、両親に聞いとく。楽しみだな、テストも頑張れそうだ」

カミロは朗らかに言って再び集中し始めた。

何だか罪悪感で倒れそうなんだけど、遊びに行きたかったのは本当だし良いわよね？　それに学園以外の場所で二人きりになれたら、その時は勇気だって出るような気がするもの。

冬休み、緊張するけど楽しみだわ。

瞬く間に時は過ぎ去り、セルバンテス公爵家に遊びに行く当日がやってきた。

私は例によってお母様とメイド達《たち》に磨き上げられ、ワンピースの上に織り目のしっかりしたウールのコートを身に纏《まと》っている。当然ながら眼鏡は無しだ。

「いらっしゃい、レティシア嬢！」

「レティシアさん、いらっしゃいませ。どうぞゆっくりなさってね」

公爵家の玄関に着いた瞬間から公爵夫妻に歓待してもらい、私はくすぐったい気持ちになった。

お二人は今日もとっても素敵でお似合いだ。そしてカミロはといえば、やっぱり上機嫌で満面の笑みを浮かべている。

「レティが来てくれるなんて嬉しいな。お茶がいいかな？　あとは屋敷《やしき》を案内するっていうのもいいと思うんだけど」

傍目《はため》に見てもウキウキだわ。これから好きだって伝えなくちゃいけないことを考えると、カミロの情緒が心配になってきたような。

いえあの、烏滸《おこ》がましい心配だってことはわかっているのよ？　でもそれだけカミロが私のことを大事に思ってくれていることは、流石《さすが》の私もいい加減理解したという訳で。

「私たちは遠慮するわね。二人で過ごしていらっしゃいな」

公爵夫人が微笑《ほほえ》ましいものを見る目を私たちに向ける。気恥ずかしいけれど、ありがたい気遣いであることは間違いない。

「いいなカミロ、くれぐれも紳士としての振る舞いを忘れるなよ」

「わかってるって！　やめてくれよ、父上！」

揶揄《からか》うでもなくちょっと怖い顔をした公爵閣下に、カミロが照れた様子で語気を荒らげている。

ふふ。こうしているとちゃんと年相応に見えて、何だか安心するわね。

「カミロ。私、少し散歩がしたいわ」

「よし、散歩だな。じゃあまずは庭でも案内するよ」

公爵ご夫妻の笑顔に見送られて歩き出す。玄関を出ると冬の外気が通り抜けてゆき、まばらな広葉樹の葉をかさかさと揺らした。

「まだ年も明けていないのに寒いわね」

「ああ、最近は朝起きるのが辛《つら》いよ。寒いのはあんまり得意じゃないんだよな」

カミロが両腕を組んでわざとらしく肩を竦《すく》める。

確かにカミロは夏のイメージが強いわよね。誕生日も初夏だもの。

「冬に竜に乗ると本当に寒いんだ。温度調節の魔法を覚えれば気にならなくなるんだけど、最初の頃は地獄だった……」

「確かに、想像しただけで寒そう」

上空は地上より気温が低いし、風まで受けるのだから想像を絶する寒さだろう。竜騎士って大変なのね。

でも、私はけっこう冬自体は好きだ。寒いのはカミロと同じく得意ではないけど、雪が降ると綺《き》麗《れい》だし、情緒のある季節だなと思う。

それに十二月三十日には誕生日もやってくる。一度目の人生の記憶と共に生きてきた私にとって、無事に一年過ごせたことを確認できる特別な日。

……あら？　そういえば、もうすぐ誕生日だわ。

今年は色々ありすぎてまったく意識していなかったけど、気付けばもうあと数日じゃない。

ああ、今年も何とか無事に過ごせたのね。まあ生きてきた中で一番危ない一年だったとは思うけど。

「なあ、レティ」

この一年間で起きたことを思い返してしみじみとしていた私は、突如として目の前に現れたものに面食らってしまった。

見ればカミロが少し照れ臭そうに、けれど幸せそうに微笑んで、綺麗に包装された小箱を差し出している。

「十二月三十日、誕生日だろ？　年末だし家族と過ごすだろうから、今渡しとく」

できれば顔を見に行くくらいはしたいけどと言って、カミロは頬をかいた。予想だにしない出来事に、私は何も言えなくなってしまった。

私自身が忘れていたのに、カミロは覚えていてくれたの？

確かに一度目の人生では、王族の誕生日って公的な情報だったから、お互いに簡単なプレゼントをしたものだけど。

「でも、私。カミロの誕生日、何もあげてないのに……」

絞り出した声は情けなくも震えていた。

そう、カミロの誕生日は彼が記憶を取り戻す少し前だったのだ。私は後で気が付いて残念に思ったけど、来年もあるからと無理やり納得したのに。

「俺があげたいだけだからいいんだ。レティ、おめでとう」

それなのに。そんなふうに笑って、贈り物をくれるだなんて。

「ありがとう……」

私は恐る恐るその小箱を受け取った。開けていいかと許可を取って、水色のリボンを解いていく。

中から現れたのは、花を模した綺麗な髪飾りだった。

シルバーで形造られた中にペリドットが一粒。これ、カミロの目の色、よね？

普段着にも使いやすいシンプルなデザインをしている。大人っぽいようでいて、今の私でも似合いそうな、繊細で可愛《かわい》い髪飾り。

「俺、女の子が好きそうな物なんて良くわからないけどさ。レティは一度目の時と違って、落ち着いた服を着てるだろ。だから、そういうの好きかと思ったんだ」

カミロは今になって照れに襲われたのか、やけに饒舌《じょうぜつ》だった。反比例して無口になった私に焦りを感じたのだろう、もっと早口で話し始める。

「いやその、黒薔薇《くろばら》のレティも可愛かったぞ⁉　でも、俺は今の方が好きというか。実際、落ち着いてて綺麗な感じの格好、すごい似合うし。学生の身じゃあんまり高価すぎると喜んでもらえない気がして、あれこれと悩んだんだけど、結局それにしてさ。レティの黒髪に、よく似合うと思って」

カミロが盛んに話すので、顔の周りが吐く息で白くなっている。

ああ、どうしよう。わたし、わたし。

「……レティ？　ごめん、気に入らなかっ」

不自然なところで言葉を途切れさせたカミロが、はっと息を呑《の》む気配がした。

溢《あふ》れた気持ちが涙になって、ぼたぼたと両頬を伝っていく。

そういえばカミロの前で泣くなんて初めてのことだったかもしれない。様々な思いが綯交《ないま》ぜになって、胸の中がぐちゃぐちゃだった。

好きだって伝えていないのに。

不甲斐《ふがい》なくてごめんね。

どうしてそんなに優しいの。

沢山考えて選んでくれたの。

嬉しい。

私、すごくすごく、嬉しい。

「ありがと……この髪飾り、とっても、可愛い」

聞き取りにくいほど掠《かす》れた声で言葉を紡ぐ。泣いているのに笑みが浮かんで、幸せばかりが明確になる。

「本当に、嬉しい。大切にするわ」

しきりに目元を擦って視界を明瞭にしようと努めていると、ぼやけたカミロがなにやら呻《うめ》き声を上げた。

「何だよ。そんなに喜んでくれるなんて、思わないだろ……」

見えない視界から手が伸びてきて目のふちを拭った。優しい手付きに安堵《あんど》のため息を吐いたら、勝手に言葉が転がり出ていた。

「私、カミロのことが好き」

その瞬間、ぴた、と大きな手が止まった。

おかしいな。反応が薄いどころか、完全なる無なんだけど……？

カミロが後ろによろめく気配が伝わってくる。私はいい加減に泣き止《なや》んで、何度も瞬きをしてから目元を拭った。

果たして、カミロは自身の髪に負けないくらい顔を赤くしたまま、じっとそこに佇《たたず》んでいた。

白昼夢でも見たような顔をしている。私は心配になって、カミロに向かって手を伸ばした。

「あの、カミロ……？」

するとカミロはびくりと両肩を震わせて、よろよろと後退《あとずさ》りをして。私はあっと思ったけれど、声を上げる間もない出来事だった。

だって後退りをした末に後ろにあった池に落ちるだなんて、想像もしなかったんだもの。

派手な水飛沫《みずしぶき》が上がった瞬間、私は何が起きたのかわからずに一拍の間呆然《ぼうぜん》としてしまった。

……えっと、これは。

お、おち、おちた。

カミロが、真冬の池に落ちた……⁉

「だ、誰かーっ！　カミロがっ……カミロが池に落ちましたぁ――――‼」

乾いた空に私の絶叫が響き渡った。

セルバンテス公爵閣下が文字通り飛んできたのは、それからほんのすぐのことだった。

足が着く深さだったこともあり、カミロは殆《ほとん》ど自力で池から這《は》い出《だ》してきた。

その場で心臓が止まってもおかしくない大事故だったと思うのだけど、ここは流石と言うべきなのかしら。けれど顔色は真っ青になっていて、早く温めないとまずいことは明らかだ。

「カミロ、大丈夫……⁉」

集まってきた使用人の方々に公爵閣下が指示を飛ばす傍ら、私はカミロの側に膝を突いた。

「ご、ごごごめんレティ、し心配かけちゃって。全然へへへへいきだってててててて」

「歯の根がまったく合っていないけど⁉」

気丈にも笑顔を浮かべてはいるものの、ガチガチと歯を鳴らしているし絶対に痩せ我慢だ。さっきは寒いのが苦手だと言っていたのに。

どうしよう。私が、驚かせたから。

「カミロ、ともかく風呂だ。言い訳はその後聞く事にする」

公爵閣下が呆《あき》れた調子で言う。カミロが頑丈であることをわかっているのだろう、その顔には苦笑が滲《にじ》んでいた。

「俺、レティと少し、話したいんだけど……！」

「馬鹿、こんな状態じゃレティシア嬢が落ち着かんだろうが。さっさと温まってこい」

カミロはごねようとしていたけど、公爵閣下の正論に私が頷《うなず》いたのを見て諦めたようだ。使用人の方々にタオルで包まれて連行されていく中、私の方を何度も振り返りながら、最後にはお屋敷の中に入って行った。

息子を呆れた瞳で見送った公爵閣下は、私に向き直ると折目正しい動作で頭を下げた。

「レティシア嬢、愚息が心配をかけて申し訳ない」

「い、いいえ、そんな……！」

倅《せがれ》がついに愚息になってしまった。ああ、私のせいなのに申し訳なさすぎる……！

「私が驚かせるようなことを言ったせいなんです。本当に申し訳ございません」

流石に何を言ったのかは言えなかったけど、正直に白状して深く腰を折った。すると頭上から小さく笑う気配がして、顔を上げた先にはカミロとそっくりの笑顔があった。

「状況は何となく想像がつく。決してレティシア嬢のせいではないから、気にしないでやってくれ」

「公爵閣下……」

「茶でも用意させよう。いや、男の風呂なんぞを待たせるのも悪いな」

公爵閣下は今日のところは家に帰した方がいいかと思案顔だったけど、私は丁寧にお願いしてカミロを待たせてもらうことにした。だって無事な姿を見ないと、今日は心配で眠れそうにないもの。

ああ、最初から心配だったけど、まさかこんなことになるなんて。本当に大丈夫なのかしら。

その後は公爵ご夫妻と客間でお茶をしながら、カミロがお風呂から出てくるのを待った。

お二人は私が落ち込む中でも苦笑するばかりで、気にしなくていいと何度も言ってくれた。一人息子の幼い頃の話を聞いたり、学園での話をして落ち着きを取り戻したころ、カミロがお風呂から戻ってきた。

「カミロ、大丈夫だった……⁉」

カミロは急いで出てきたのか、簡単なズボンとセーターに、水が滴る髪をタオルで覆うという格好をしている。

私はソファを立って彼の元へと走って行った。

「しっかり温まった？」

「うん、大丈夫だよレティ。心配かけてごめんな」

一見すればいつもの笑顔だけど、後から体調が悪くなったりしないかしら。髪は未《いま》だに濡《ぬ》れたままだし、これではせっかくお風呂に入ったのに冷えてしまうわ。

「ちゃんと拭かないと……」

私はサムエルと接している気持ちになって、特に深く考えずに手を伸ばした。

するとカミロは大きく肩を震わせて、足を一歩後ろに引いたではないか。

いつにない反応に私も驚いて手を止めた。カミロは顔を真っ赤にして、言葉を失ったままじっとしている。

「私達は失礼するわね」

「うむ、二人で茶でも飲みなさい」

そんな私達の横を、良い笑顔を浮かべた公爵夫妻がすごい速さですり抜けていった。ああ、またしても気を遣って頂いて……！

「あ、あのさ、レティ！」

ドアが閉まるのと同時、今度はカミロが声を上げた。

何やら決死の覚悟と言った様子なのだけど、呼びかけて来た後は斜め下を見たまま言《い》い淀《よど》んで、中々話そうとしない。

どうしよう、カミロが変だ。池に落ちたせいに決まっているわよね。

私は素早く手を伸ばした。今度のカミロは後退りをすることもなく、あっさりと額に触ることを許してくれた。

「なっ……⁉」

「うーん……ちょっと熱い気がするわ。やっぱり熱が出てきたのかも」

カミロは驚いたような顔をしているけど、真冬の池に浸《つ》かったのだからそれも当然だ。ここは責任を持って公爵夫妻に報告して、看病の態勢を整えてもらわないと。

「カミロは座っていてね。私、公爵夫妻を呼んでくるから！」

「あ……！　ちょっと待ってくれ、レティ！」

しかしながらカミロによって右手を掴《つか》まれてしまい、私は足を止めるしかなかった。振り返れば真剣な瞳がこちらを見つめている。

「違うんだ、熱なんてないよ」

「でも、いつものカミロと違うみたい」

「それはそうかもしれない。けど、本当に体調は問題ないから」

本当だろうか。私はじっとカミロの若草色を見つめたけど、やっぱり目を逸《そ》らされてしまった。

「……あのさ。俺、多分幻聴を聞いたと思うんだ。だから本当に幻聴だったのか、それとも現実だったのか確かめたかったんだけど、ちょっと勇気が出なくて」

「え？　さっきの、私がカミロのこと好きって話？」

そんな訳で、私は色気もムードも何もない、二度目の告白をした。

口に出してみたら案外簡単だった。だって自分の素直な気持ちを言うだけのことだもの。

けれどカミロにとってはそうじゃなかったみたいだ。面白いほどに真っ赤になって、私の肩を両手でがっしりと掴んできた。

「なんでそんな当たり前のように言うんだ⁉」

「え、あの、だって。ある程度は伝わってるかなって思って」

「伝わってない！　完全に初耳だ！」

カミロは風圧を感じるほどの勢いで言うと、今度は自分の頭を両手で抱えた。そして絞り出すような呻き声を上げた末、大きく息を吸ったようだった。

「だあ、もう！　俺が……俺が、どれだけ……！」

抱えきれないとばかりに意味を持たない単語を大声で吐き出して、カミロはついに押し黙ってしまった。

ああ、どうしよう。危惧した以上に大混乱しているわ。とりあえず落ち着いて貰《もら》わないと……！

「あの、カミ」

「レティ！」

「はい⁉」

突如として名前を呼ばれた私は、思わず直立不動の姿勢になった。

カミロはゆらりと顔を上げて、くぐもった声で言った。

「友達としてって意味じゃないよな。恋人としてってことでいいよな」

「は、はい。カミロのことが恋人として好きです」

するとカミロはたっぷり十秒も放心した後、どこか気の抜けたような笑みを見せた。

「うん……俺も好きだ。知ってるだろうけどさ」

その笑顔が泣きそうに見えたのは私の自惚《うぬぼ》れだろうか。わからないけれど、カミロが笑ってくれるなら何度でも伝えたいなって、胸の奥深くでそんなことを思った。

「ほんと、ずるいよな。俺はレティに振り回されてばっかりだ」

「ええ？　そうだったかしら」

うーん、むしろこちらが振り回されていると思うんだけど。だってカミロが記憶を取り戻してから、私の周囲が落ち着いたことなんて一度もなかったもの。

本当に、一体いつから彼のことを好きになっていたのだろう。

今考えても分からないのだから、きっとこの先も一生分からない。けれどこの気持ちは確かに心の一番大事なところに存在するのだから、私にとっての真実であることに間違いはないのだ。

「レティ。さっきあげた髪飾り、今持ってるか」

「髪飾り？　ええ、ここにあるわ」

私はワンピースのポケットから小箱を取り出した。大騒動の中で失《な》くしたら大変だと思って、きちんとしまっておいたのだ。

「貸して。つけてあげたいんだ」

言われるままに小箱を手渡す。カミロが中から髪飾りを取り出して、私の方へと一歩距離を詰めてくる。

耳のすぐ上あたりにごそごそと触れる感触がして、私は今更ながらに距離の近さに気付いた。息遣いまで感じる近さなのだから、もしかすると心臓の音まで聞こえてしまうかもしれない。

ああ、何だか今までで一番ドキドキするような……。

「できた！　……けど、なんか下手だな」

しかし緊張する私に気付くことなく、カミロは自身の仕事を眺めて首を傾げている。私は手鏡を取り出して首から上を映してみた。

右耳の上に、少し傾いて付けられた髪飾り。綺麗な意匠の品が不恰好《ぶかっこう》に留《と》められているのがおかしくて、私はつい吹き出してしまった。

「笑わないでくれよ！　もう一度……！」

「いいの。私、このままでいい」

焦ったように伸びてきた手から逃れた私は、くるりと一回転して見せた。

器用なようでいて不器用な人。私は彼の一生懸命なところが好きで、だからこそ守りたいと思った。

「ありがとう。来年のカミロの誕生日、期待しててね！」

来年も、再来年も。遡った人生はこの先もずっと続いて、いつしか一度目に死んだ年齢を追い越して、それさえも遠い昔のように感じる時が来るのだろう。

「俺は、レティが選んだものなら何だっていいよ」

そう言った彼の声はやっぱり滲んでいるように思えたけれど、それは私も同じだったから、私たちは目を見合わせてお互いに笑った。

ねえ、カミロ。私は貴方《あなた》の側にいるから。だから貴方も、私の側にいてね。

ちなみに、この後のカミロはやっぱり風邪をひいて高熱を出した。
私は年末であることも関係なく公爵邸にお見舞いに通うことになるのだけど、それはまた別の話だ。

〔了〕

あとがき

2巻をお手に取って頂きありがとうございます。水仙《すいせん》あきらです。

発売時期は春の盛りですね。この本は冬と共に物語を終えていますが、読者の皆様には穏やかで暖かな春が訪れていることを願います。

さて、本巻にはウェブ版完結までを全て収録しております。

本編への加筆、アロンドラ視点の中編と、主人公レティシアの後日談を加えた内容となりましたが、いかがでしたでしょうか。

本作はもともと短編から始まっており、長編化の予定は全くありませんでした。それがここまで長い物語として書くことができ、一塊《いっかい》の本となり、果ては漫画となって歩き出してくれました。

一体どんな奇跡が起きたのかしらと、今でも不思議な気持ちです。

土日になると一人でこそこそ物語を書くのが常だった私は、周囲には趣味の無い人間として映っていたようで、友人には「休みの日何してんの?」と不思議がられてギクッとしたものでした。限られた相手にしか執筆活動のことを話さず、狭い世界を泳いでいた私にとって、書籍化は目の覚めるような経験の連続でした。

得難いものをたくさんもたらしてくれたこの作品ですが、全ては読者様あってのことです。

物語は誰にも読まれなければ、透明になって消えてしまうように思います。しかし一人でも読んで下さる方がいるなら、何かしらの輪郭は残るのではないでしょうか。

そんな願望にも似た綺麗事を、近頃はとみに強く感じるようになりました。一人きりだったあの頃から多くの方に支えられていたのだと、今更のように実感しています。

だからこそ、ここまでお付き合い頂きありがとうございました。心から、幸せに思います。

最後になりましたが、1巻に続き素敵なイラストを添えて下さった久賀《くが》フーナ先生、本当にありがとうございました。鮮烈で可愛らしいキャラクターを拝見するたびに、イラストが造り上げる世界の心強さに勇気付けられていました。

コミカライズご担当の月ヶ瀬《つきがせ》ゆりの先生、いつもありがとうございます。最高に楽しくてちょっぴり切ない、非常にグッとくる作品となっておりますので、未読の方もぜひ触れてみて下さいね。

そしていつも優しく見守って下さる担当様、出版にあたっての関係者様、家族や友人、周囲の皆様に、心より感謝申し上げます。恩返しの方法が思いつかないのですが、ひとまず頑張ることで少しずつお返しする所存です。

それでは、またどこかでお会いできることを願って。

水仙あきら

Kラノベブックスf

# 断《だん》頭《とう》台《だい》に消《き》えた伝《でん》説《せつ》の悪《あく》女《じょ》、二《に》度《ど》目《め》の人《じん》生《せい》ではガリ勉《べん》地《じ》味《み》眼鏡《めがね》になって平《へい》穏《おん》を望《のぞ》む2

水仙《すいせん》あきら

2023年3月29日第1刷発行

| | |
|---|---|
| 発行者 | 森田浩章 |
| 発行所 | 株式会社 講談社<br>〒112-8001　東京都文京区音羽2-12-21 |
| 電　話 | 出版　(03)5395-3715<br>販売　(03)5395-3608<br>業務　(03)5395-3603 |
| デザイン | しおざわりな（ムシカゴグラフィクス） |
| 本文データ制作 | 講談社デジタル製作 |
| 印刷所 | 株式会社KPSプロダクツ |
| 製本所 | 株式会社フォーネット社 |

KODANSHA



ISBN978-4-06-531790-7　N.D.C.913　251p　19cm
定価はカバーに表示してあります



ファンレター、
作品のご感想を
お待ちしています。

あて先
〒112-8001　東京都文京区音羽2-12-21
(株) 講談社　ラノベ文庫編集部 気付
「水仙あきら先生」係
「久賀フーナ先生」係

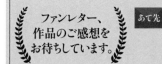

Kラノベブックスf

## ヴィクトリア・ウィナー・オーストウェン王妃は世界で一番偉そうである

著:海月崎まつり　イラスト:新城 一

ヴィクトリア・ウィナー・グローリア公爵令嬢。フレデリック・オーストウェン王子の婚約者である彼女はある日婚約破棄を申し渡される。

「フレッド。……そなたはさっき、我に婚約破棄を申し出たな？」

「ひゃ、ひゃい……」

「では我から言おう。――もう一度、婚約をしよう。我と結婚しろ」

「はいぃ……」

かくしてグローリア公爵令嬢からオーストウェン王妃となったヴィクトリアはその輝かんばかりの魅力で人々を魅了し続ける――！

Kラノベブックスf

# 悪食令嬢と狂血公爵1・2
## ～その魔物、私が美味しくいただきます！～

著:星彼方　イラスト:ペペロン

伯爵令嬢メルフィエラには、異名があった。

毒ともなり得る魔獣を食べようと研究する変人——悪食令嬢。

遊宴会に参加するも、突如乱入してきた魔獣に襲われかけたメルフィエラを助けたのは魔獣の血を浴びながら不敵に笑うガルブレイス公爵——人呼んで、狂血公爵。

異食の魔物食ファンタジー、開幕！

Kラノベブックスf

# 落第聖女なのに、なぜか訳ありの王子様に溺愛されています！

著:一分咲　イラスト:笹原亜美

小さい頃に聖女候補だったオルレアン伯爵家の貧乏令嬢セレナ。
幸い（？）にも聖女に選ばれることなく、慎ましく生きてきたが、
いよいよ資産が尽き……たところに舞い込んできたのが
第三王子・ソル・トロワ・クラヴェル殿下との婚約話。
だが王子がなにやら変なことを言い出して――
「……今、なんとおっしゃいました？」
「だから、『ざまぁ』してほしいんだ」

Kラノベブックス

**真の聖女である私は追放されました。だからこの国はもう終わりです1～4**

著:鬱沢色素　イラスト:ぷきゅのすけ

「偽の聖女であるお前はもう必要ない！」
ベルカイム王国の聖女エリアーヌは突如、
婚約者であり第一王子でもあるクロードから、
国外追放と婚約破棄を宣告されてしまう。
クロードの浮気にもうんざりしていたエリアーヌは、
国を捨て、自由気ままに生きることにした。
一方、『真の聖女』である彼女を失ったことで、
ベルカイム王国は破滅への道を辿っていき……!?